黄斌诗选

常春藤诗丛

武汉大学卷

李少君 主编

黄斌 著

陕西新华出版传媒集团

太白文艺出版社

图书在版编目（ＣＩＰ）数据

黄斌诗选 / 黄斌著. —— 西安：太白文艺出版社，2019.1

（常春藤诗丛．武汉大学卷）

ISBN 978-7-5513-1584-5

Ⅰ．①黄… Ⅱ．①黄… Ⅲ．①诗集－中国－当代 Ⅳ．① I227

中国版本图书馆 CIP 数据核字（2018）第 294775 号

黄 斌 诗 选

HUANG BIN SHIXUAN

作　　者　黄斌

责任编辑　侯琳

封面设计　不绿不蓝　杨西霞

版式设计　刘戈

出版发行　陕西新华出版传媒集团

　　　　　太 白 文 艺 出 版 社

经　　销　新华书店

印　　刷　北京彩虹伟业印刷有限公司

开　　本　787 毫米 ×1092 毫米　1/32

字　　数　79 千

印　　张　7.125

版　　次　2019 年 1 月第 1 版

书　　号　978-7-5513-1584-5

定　　价　45.00 元

版权所有　翻印必究

珞珈山与珞珈诗派
——《常春藤诗丛·武汉大学卷》序言

　　一所大学能拥有一座山，已属罕见；而这座山在莘莘学子心目中拥有不可替代的崇高地位，在当代中国也是少有；并且，这座山还被誉为诗意盎然的现代诗山，就堪称是唯一的了。在这里，我说的就是武汉大学所在地珞珈山。

　　前段时间，我在网上看到一篇报道，是武汉大学北京校友会会长、著名企业家陈东升在校友会上的发言。他说："珞珈山是我心中的圣山，武汉大学是我心中的圣殿，我就是一个虔诚的信徒和使者。"把母校如此神圣化，让人震撼，也让人感动，更充分说明了珞珈山的魅力。

　　武汉大学每年春天举办一次面向全国乃至世界在校大学生的樱花诗会。有一年，作为樱花诗会的嘉宾，我也说过类似的话："站在这里，我首先要对珞珈山致敬。这是一座神圣的现代诗山，'珞珈'二字就是闻一多先

1

生给它的一个诗意命名。从此，珞珈山上，诗意源源不断，诗情绵绵不绝，诗人层出不穷。"

因此，关于珞珈山，我概括了这样一句话：珞珈山是"诗意的发源地，诗情的发生地，诗人的出生地"。在这里，我想对此略加阐释。

第一，关于"诗意的发源地"。关于诗歌的定义，有这么一个说法一直深得我心：诗歌是自由的美的象征。而美学界早就有过这样的论述：美是自由的象征。在武汉大学，很早就有过关于珞珈山上武汉大学的特点的讨论。不少人认为，第一就是自由。即开放的讨论，自由的风气，积极进取的精神。早在 20 世纪 80 年代，武汉大学就被认为是中国高校改革的试验区，学分制、转学制、双学位制、作家班制、插班生制等制度改革影响至今。关于自由的概念争议很大，但我同意这样的看法，人所取得的一切在某种程度上是其自由创造的结果。2018 年是改革开放四十年，中国目前所取得的成就，可以说是中国人民四十年来自由创造所取得的成果。珞珈山诗人王家新曾说，现在的一切，是 20 世纪 80 年代精神的成就和产物。这样一种积极自由的努力，在珞珈山上随处可见，这也是武汉大学创造过众多国内第一的原因。包括珞珈诗派，在国内高校中，也是第一个提出诗派概念的。所以，武汉大学是诗意的发源地，因为这里也是自由的家园。

第二，关于"诗情的发生地"。武汉大学校园风景之美中国公认，世界罕见。这样的地方，会勾起人们对大自然天然的热爱，对美的热爱，这是一种天生的诗歌的情感。而在这样美好的地方生活、学习和工作的人，比一般人就敏感，也更随性随意，这是一种诗意的生活方式。樱园、桂园、桃园、梅园、枫园，校园里每个地方每个季节都触发人的情感，诗歌就是"触景生情，睹物思人"，因此，珞珈山是"诗情的发生地"。在这里，各种情感的发生毫不奇怪，比如很多人开玩笑说武汉大学出来的学生，比较"好色"，好山色水色、春色秋色，还有暮色月色，以及云霞瑰丽、天空碧蓝等。情感也比一般人丰富，对美的敏感度远高于其他高校学生。而比起那些一直生活在灰色都市里的人，珞珈山人的情感也好，故事也好，显然要多很多。

第三，关于"诗人的出生地"。意思是在珞珈山，因为环境的自由，风景的美丽，很容易成为一位诗人，而成为诗人后，必定会有某种自觉性。自觉地，然后是努力地去成为更纯粹的诗人，以诗人的方式创造生活。当然，这并不是说珞珈山出来的人都会成为诗人，而是说受过珞珈山的百年学府文化影响和湖光山色陶冶的学子，都会有一颗纯净的诗心，执着于自己的追求；会有一种蓬勃的诗兴，充满激情地为自己的事业而奋斗。陈东升说，珞珈山出来的人，天性气质"质朴而浪漫"，这就是一种诗性气质。珞珈人具有天然的诗性气质，也是珞珈人特有的一种气质，它体现为一种精神：质朴，故能执着；浪漫，所以超越。

　　说到珞珈山的诗人，几乎都有单纯而质朴的直觉。王家新算得上珞珈山诗人中的大"诗兄"，他是"文革"后第一代大学生，又参与过第一本全国性大学生刊物《这一代》的创办。《这一代》是由王家新、高伐林与北京大学陈建功、黄子平，吉林大学徐敬亚、王小妮，湖南师大韩少功，中山大学苏炜等发起的，曾经轰动一时。后来王家新因出名较早，经常被划入"朦胧诗派"，他的写作、翻译影响了好几个时代，他现在在中国人民大学文学院当教授、带博士生，一直活跃在当代诗坛。家新兄大名鼎鼎，但写的诗却仍保持非常纯粹的初始感觉，让人耳目一新，比如他的《黎明时分的诗》，全诗如下：

黎明

一只在海滩上静静伫立的小野兔

像是在沉思

听见有人来

还侧身向我打量了一下

然后一纵身

消失在身后的草甸中

那两只机敏的大耳朵

那闪电般的一跃

真对不起

看来它的一生

不只是忙于搬运食粮

它也有从黑暗的庄稼地里出来

眺望黎明的第一道光线的时候

　　我总觉得这只兔子是珞珈山上的，其实就是诗人本身，保持着对生活、对美和大自然的一种敏感。这种敏感，源于还没被世俗污染的初心，也就是"童心"和"赤子之心"，只有这样纯粹的心灵，才会有细腻细致的感觉，感觉到和发现大自然的种种美妙。王家新虽然常常被称为知识分子写作，但他始终没被烦冗的修辞技术淹没内心的纯真敏锐。按敬文东的说法，王家新是"用心写作"而不是"用脑写作"的。

无独有偶，比王家新年轻十来岁的邱华栋也写过一只小动物松鼠。邱华栋少年时就是诗人，因为创作成绩突出被保送到武汉大学，后来主攻小说，如今是鲁迅文学院常务副院长。邱华栋的诗歌不同于他的小说，他的小说是他人生经历和阅读学习的转化，乃至他大块头体型的体现。他的小说庞杂，包罗万象，广度深度兼具，有一种粗犷的豪放的躁动风格。而他的诗歌，是散发着微妙和细腻的气息的，本质是安静的，是回到寂静的深处，构建一个纯粹之境，然后由这纯粹之境出发，用心细致体会大自然和人生的真谛。很多诗句，可以说是华栋用自己的思想感受和身体感觉提炼而成的精华。比如他有一首题为《京东偏北，空港城，一只松鼠》的诗歌，特别有代表性，堪称这类风格的典范。全诗如下：

朝露凝结于草坪，我散步

一只松鼠意外经过
这样的偶遇并不多见

在飞机的航道下，轰鸣是巨大的雨
甲虫都纷纷发疯
乌鸦逃窜，并且被飞机的阴影遮蔽
蚱蜢不再歌唱，蚂蚁在纷乱地逃窜

所以，一只松鼠的出现
顿时使我的眼睛发亮
我看见它快速地挠头，双眼机警
跳跃，或者突然在半空停止
显现了一种突出的活力

而大地上到处都是人
这使我担心，哪里使它可以安身？
沥青已经代替了泥土，我们也代替了它们

而人工林那么幼小，还没有确定的树荫
我不知道我的前途，和它的命运

谁更好些？谁更该怜悯谁？

　　热闹非凡的繁华都市，熙熙攘攘人来人往的空港，已是文坛一腕的邱华栋，心底却在关心着一只不起眼的松鼠的命运，它偶尔现身于幼小的人工林中的草坪上，就被邱华栋一眼发现了。邱华栋由此开始牵挂其命运，到处是水泥工地，到处是人流杂沓，一只松鼠，该如何生存？邱华栋甚至联想到自己，在时代的洪流中，在命运的巨兽爪下，如何安身立命？这一似乎微小的问题，既是诗人对自己命运的追问，其实也是一个世纪的"天问"。文学和诗歌，不管外表如何光鲜亮丽，本质上仍是个人性的。在时代的大潮中，诗歌可能经常被边缘化，无处安身，实际上也不过是一只小松鼠，弱小得无能为力，但有自己的活力和生命力，并且这小生命有时会焕发巨大的能量。这只松鼠，何尝不也是诗人的一种写照？

　　一只兔子，一只松鼠，这两只小动物，其实可以看成珞珈山诗人在不同场景中的一个隐喻。前一个是置身自然，对美的敏感；后一个是身处都市，对生活和社会的敏感。这两只小动物，其实就是诗人自身的形象显现。

　　其他珞珈山的诗人也多有这一特点，比如这套诗丛里的汪剑钊、车延高、邱华栋、黄斌、阎志、远洋、张宗子、洪烛、李浔等，每个人都有自己对于美、生活和社会的敏感点，可见地域或背景对诗人的影响是自然的也是必然的。凡在青山绿水间成长的诗人，总是有一种明晰性，就像一株草、一朵花或一棵树，抑或晨曦的第一缕光、凌晨的第一声鸟鸣或天空飘过的一朵白云，总是清晰地呈现出来，不像那种雾霾都市昏暗书斋的诗歌，自己都不知道自己在发泄和表达些什么，总是晦暗和艰涩的。

　　当然，珞珈诗人的特点不限于敏感，虽然敏感是诗人的第一要素。他们还有着很多的其他的特点：自由，开放，具有理想的情怀、浪漫的色彩和包容的气度，充满想象力和创造力。这一切，也是珞珈山赋予他们的。自由，是珞珈山的诗意传统和无比开阔的空间，给了珞珈诗人在地理上、精神上和历史的天空翱翔的自由；开放包容，是武汉大学特有的居于中央贯通东西南北的地理位置，让珞珈诗人有了大视野、大格局；珞珈山那么美，东湖那么大，更是珞珈诗人想象力的根基，也是珞珈诗人浪漫和诗情的来源，而最终，这些都会转化为一种大气象、大胸襟和创造力。所以，珞珈诗人的包容性都是比较强的，古今中外兼容并蓄，没有拘谨地禁锢于某一类。所以，除了诗人，珞珈山还盛产美学家、诗歌评论家和翻译家，他们也都写诗。整座珞珈山，散发着一种诗歌气质和艺术气息。

　　总之，珞珈诗派的诗歌追求，在我看来，首先，是有着一种诗歌的自由精神，一种诗歌的敏锐灵性与飞扬的想象力；其次，是其开放性与包容性，能够融汇古今中外，不偏颇任何题材形式；最后，是对诗歌美学品质的坚持，始终保持一种美学高度，或者说"珞珈标准"，那就是既重情感又重思辨，既典雅精致又平实稳重，既朴素无华又立意高远。现实性与超越性融合，是一种感性、独特而又有扎实修辞风格的美学创造。

　　　　　　　　　　　　　　　　　　李少君

　　　　　　　　　　　　　　　2018 年 10 月

目录

蒲圻（今赤壁市）山水志

山水才是最终的依托　我欣然
行走在雪峰山与双泉村之间　像保守着一个秘密
一路体会这偶然感到的悠长同化
抬眼　群山拥抱着天空也拥抱着虚无

春天绝句

什么是一夜春风啊
最直接的　可能也是最隐晦的
我站在开得漫山遍野的油菜花里
领受这穿着统一制服的春天的行刑队

黄梅四祖村下

我在碧玉流中看摩崖
头顶是古风尚存的青石廊桥
身边　浣衣的村妇
她将起衣袖的双手如藕
在溪水经过的摩崖的"泉"字上
揉搓亲人的内衣

荆泉山月歌

这黑到深处的夜晚让它的孤独如此明亮

这个不断自我反驳和自我和解的永劫轮回的形象

很多年　这一年　这个月　这一天

它还是和以前一样　恬静地出现在荆泉山上

有人的梦呓是黄灿灿的　而更多人的呼吸是黑暗的

它今天是一个完整的半圆

在树丛中有被夜晚抓破的爪痕

有偿还债务的诚信和成色　这夜晚呈现的金锭

它照见了湖水永动机式的纺绸的褶皱

照见了丘陵间坚硬的红土路　和摩托车经过的错乱的车辙

它还照见草间鸣虫的鼓荡　一根草在无声中划出一条波纹

满山的竹笋和竹子摆出秦俑的姿势

风中吹落的竹叶不断发出箭矢　暗器还有声响

它还照见山边的一小块土地的神位

几支不熄的电香顶上　飘出不绝如缕的灰白的信仰

它还照见山间的畈田和秧苗

下面的水　有的像一块块耀眼的玻璃相互撞来撞去

但并不产生声响

咏神农架冷杉

早春二月　神农架的山岭上

是雪的专政和云雾四处弥漫的白

在山岭的阴坡和溪涧的旁边

冷杉　立着四十米高的绿色身体

须发皆白　一株冷杉和另一株冷杉之间

相隔很远　它们习惯了寒冷　也习惯了孤独

它们习惯用远一点的距离

相望　和俯视

冷杉粗大　长得很直　就是叶子

也长得像线　一丛丛的呈 V 字形向上的线

每年六月　冷杉的雌雄球花开放　十月球果成熟

但有时　它们隔一年才结果　像羞于捧出自己的心脏

而冷杉最动人的　是它们的死

在山中活到了一百八十岁

它们就开始死

先从树顶　开始枯萎

一节节往下

用数年的时间

把生活过的路　用死

再走一次

如果死　到了树的根部

冷杉就轰隆一声　整体倒下

完整　不变形

多年以后看上去

仍然是一株完整的大树

这可能是地球植物中最完整的死了

这死的过程更像一门艺术

春雪和春风　已唤不回它们的生机

人如果一脚踩上去　如入泥淖

会有失足的感觉

冷杉完整的身体

已全部变成树泥

在咸宁大幕山看到苍鹰

楠竹与古木就着山势

弯曲着性感波峰

山体在初夏晴朗的触抚中

沉默　盲目　不知疲倦

看　虚无的天空中

出现唯一盘旋的黑点

这是谁的一滴墨　甚至

一块铁

我故乡的凶猛苍鹰

和它盘旋于天空中同样漆黑的饥饿

神游当阳神秀墓

失败者也能拥有完美的一生

神秀大师　一个著名的失败者

至死也坚持自己失败的法门

渐悟

叶落归根　但神秀

没有把遗骸寄往故乡

他把自己埋葬在信仰的大法确立的地方

北宗初地　当阳度门寺

那里　有他参禅的洞窟

身体的记忆　精神的泉水和核燃料

百年人生　八十年追求

他输给了年轻人　但没输掉自己

神秀墓上　供养的铁塔被雷击垮了
但长出了一株高大的雪松

这株雪松　肯定也不是最好的
但是真实　完整　长得很好

净土宗的古灵泉寺

鄂州西山的古灵泉寺

有我至今不忘的昙花

那一年　它们雌雄同放

在春天的舍利塔边

把生和死　演绎到极致

我还记得雪帅彭玉麟的刻石梅花

绽放着爱情永久的疼痛

一如西山脚下江水的磅礴与绵延

但又尽收在青石刻痕的方寸之内

今春　我来到江夏龙泉的灵泉寺

遇青布尼　见绛衣僧

观察这里独有的五龙探爪的地貌

在大雄宝殿前　默读住持颁布的告示

想起曾经陶渊明和慧远

那令人感动的交往

和人性中基本的亲和

或许默会到净土的本义

江夏初春地貌

最底层是畈里的水稻土或者水塘和湖汊

水塘像一块小小的空白　水田有犁过的褶皱

上一级土台阶　是菜地

红菜薹开着一片黄花　绿油菜也开着一片黄花

而油菜鲜嫩的绿　绿得让人不想用绿这个词

再上一级土台阶　是墓碑　竹林和树林

沿丘陵和江夏的天空形成锐角

总有红土贯穿其间　像醉酒的乡亲

从下到上　很多台阶又生出台阶　柔软湿润　如女人的腰臀

屋子总靠着林子　有青砖屋　红砖屋和水泥墙屋

房前屋后撑着一个看电视的卫星锅

而从赤壁到郑店　每一级台阶上几乎都伸出成片的苞茅

它们伸长枯黄而密集的手指

像用加速度弹奏了一百多公里

像用春天来临的力量奔跑了一百多公里

江南春雪夜咏

草在春天还可以冻成翡翠和玛瑙

它们终于不再是皮相　有血有肉

江南的溪水还在卷曲着白沫

它们饶舌不休　再加上雪的鱼脑冻

在雪中　我看到到处都是众生的灵魂被撕碎的纸屑

这些湿生　化生　胎生和卵生的灵魂

在一辆汽车前灯行进的灯柱中　照出飞舞的蛾子

像它们曾经　在路灯的刺激下不知疲倦地走向毁灭

沉溺于被指引的命运

童年时我把雪的皮肤摁下去　期待它复原后现出我的指纹

明天我将面临一个洁白的早晨

我所能做的就是热爱它们

武昌城曾经的月光

老武昌城的城头　月光是多么不平等

照着衙门的多　看隔江的汉阳城简直就是乡下

看汉口镇简直就是一堆违章的窝棚

江流幽咽像在吸气

细小的月光闪烁在上面　拉扯着百姓无穷多的家常

武昌的月光却有衙门气　僧道气　书卷气

月光就这样无所事事　有了闲愁

黄鹤楼上一把大火

东西都被烧个精光

给高处不可及的月亮

那具象又统一的月亮

涂黑眼圈　安放充血的铁丝网

再看低处的民间

它不能看得那么美　它不能一无障碍

江城五月落杨花

五月江城　满城杨花
当年李白在黄鹤楼中观景　饮酒
他的诗已经语穷　不得已怀抱绿绮　听人吹笛
在语言终结的地方　音乐开始了
整座武昌城闻奏梅花

杨花落尽子规啼
布谷的声音滴翠　江夏田间　蓬勃生长着好身材的青苗
不管增添了多少桥梁　高楼还是人群
杨花坠身入草　白衣素身的民间女子
去了青楼

李白前后的诗人　在杨花的身世间行走
不少人皮肤过敏　半夜起床写诗　弹琴　吹箫　画仕女
就像李白　在黄鹤楼中的阴历　听笛声

吹奏出杨花的前世

我也偶尔在深夜　说出我的绝望
但这只是表明在日常中
我不会说出那些弥漫如杨花
到处播散的生之忧伤

我在东湖边的杨花中间行走
身后很远　好像就是楚人屈原
哦不　那只是他的雕像
我看到麻雀　在草地上忘我地吃着杨花里的种子
小嘴边满是花絮
像一个贪吃的小女孩嘴边没有抹净的棉花糖

江汉平原的天空

走在平原上到处都是圆心

地平线跟着行走旋转

从地平线到头顶和身后　都是江汉平原辽阔的天空

它的表情或许冷漠绝望或许闲适恬然

有时停着几朵巨大的棉花

有时只有月亮这一朵

有时满天星斗连着村落里的灯火人家

偶尔听到不远处沟渠的流水

在黑暗中响

像听到狗低沉的呜咽闷声退回胸腔

抑扬高大的声音命定似的响在高处

我们这些有生命的小个子　连同我们坚硬的机械

时时望着远处和头顶这个倒扣着的玻璃器皿

这个时时也自己变色的玻璃器皿

无量寿寺闻僧闲话

两位身着青布僧衣的僧人

一老一少　走在我的前面

山间黑色的碎石路上溅满了暗绿的鸟粪

老的说　有个人一次送了他四双芒鞋

像他是垃圾收购站的

少的说　夏天就要来了

穿这种芒鞋　不如草鞋透气

老的又说　他们总是十点三刻来送菜

真是准时啊

少的说　这次是不是

不用走到山门去接

老的说　还是到山门接吧

他们边走边说　满口的武汉话

在拐弯的地方

一棵树拦了一下我的视线

树枝上结满了红色的樱桃

望九宫山瀑布

我看到的九宫山瀑布
是没有水的瀑布
一滴水也没有

我看到的
只是瀑布经常行走的路线
一壁黑崖　有的绕着 S 形
很高远　它们从山顶到山脚
随便一算也有三百米的距离

九宫山的瀑布大多是这样的
它们听从分水岭的安排
有水的时候
就一口气奔下三百米远

没有水的时候

就是一壁黑崖

一根绿草也不长

汉阳门

脚下的江水　你不会觉得它在流动

大米字格的武汉长江大桥

是静止的　还是灰灰的

轮渡的笛声　有如苍老的父亲

不　是钢铁　咳嗽了数声　汉阳门

依旧人山人海　现在是清晨和黄昏

排队过江的人身或鲫鱼　组成的城墙

霞光在当年的城门　作为战场的背景

映照出一大群仓皇出逃的人

赴入武昌城下闪烁着桃花的江水

蛇灵动　但并不是说它不能成为山

霞光中的江水淘洗的

除了金沙江上被推下来的

越变越小的石头　直至变成不能再小的黄沙

可能还有唐古拉山雪中的骨头

说不定还有　码头上机械的碎屑

上游排下的粪便　漂来的尸体和驳船上的货物

我徒劳地在江水中寻找倒影

但看到的是江猪拱出的黝黑的背脊

汉阳门早已不见

它更像一直在痛苦中的三个字

只有武汉长江大桥是坚硬的

相对于城门

桥梁有更多愿意奉献的枯骨

蒲圻县老城区

还是从城墙开始吧

城墙外是河　河水

清且涟漪　城墙

全是用条石垒起来的

不像荆州　西安或南京大部分用砖

当然　城墙早已是面目全非了

但我对城墙所设置的边界

这石质的呵护充满敬畏

如此清晰的舆地

让人联想到清晰的生活

或沉闷的枷锁

解放了　城墙当然要拆

但也并不妨碍人们至今

仍称呼它为老城区

老城区多丁字街　据说

是因为蒲圻没有出过状元

我见到过破旧的牌坊　有天井的小院

见到过月光把黑瓦的屋顶涂得更黑

我见到过墙角的绿苔　某一个角落

被遗弃的孤零零的石凳

还听见过木门开合的咿呀声

皮鞋踩在砖地上的橐橐声

半夜孩子的哭声　和白天

老人当街下棋的啪啪声

这些都是很平常的事情

但有时也让我的眼眶里盈满泪水

现在　一个世纪又要结束了

我回到老家

见到经过装修的商店　餐馆　机关和发廊

书法拙劣的广告牌　大街上

像纸牌般行走的密集的人群

其中不乏涂脂抹粉

而且头发也染成金黄的女孩子

告诉我有关美的最新形象

还有遍地的垃圾

我知道这并非出于物质过剩

在大甩卖的喇叭声中

在磁带商的录音机里传出的嘶鸣中

在录像厅里发出的喘息声中

我感到人民币的普遍冲动

怎样折磨着包括我在内的

老家的密集的人群

团结就是力量啊

但这情景仍然让我感动

因为我时刻都可以感到

老家充满活力的生命

它的每一个器官都那么深入肺腑

晚上　月亮仍然很圆

它照在老家的屋顶

像铺上一层浅浅的霜

我的老家在月下一直很美

它宁静　安闲

像母亲的鼻息

给我温暖

吃年饭　过大年

四十多年了　我家的大年饭

都在年三十的中午吃

一大家人团聚在一起　喜乐　热闹

摆上大圆桌　摆好大小瓷碗　摆上镶金花的瓷酒杯

摆好筷子和汤匙　满上新酿的谷酒

一家人抢着去端菜　很多菜早就准备好了

都在大蒸笼里蒸着　蒸笼冒着热气

笼　已经旧了　颜色发黄

蒸气嘟嘟地上来　白胖胖的

蒸笼下　是个大生铁锅　锅底的黑炭渣子　都烧红了

锅里是沸腾的水　热辣辣的开水　锅下是灶　灶里是柴火

有松针　枞树毛　桐树枝烧得青皮上流油　叫着

火焰像在赛跑　蹿得老高

揭开蒸笼盖子

第一层　是肉圆子　鱼圆子

第二层　是藕圆子　蓑衣圆子

第三层　是蛋卷　鹅颈

锅　蒸笼　菜　盛菜的瓷盘　都是圆的

第四层　是蒸鱼　卤猪肝　猪心　香肠　牛肉

第五层　是蒸肉糕　又白又嫩

上面看得到蛋皮　姜丝　还有蒸透后的气孔

一盘盘菜　都端上来了

还有小锅里的炒菜　青椒肉丝　冬笋腊肉　大蒜炒年糕

小炒嫩藕　萝卜丝炒河虾　春鱼炒蛋……

都浇上一勺黑木耳加黄花的勾芡

吊锅里　小煤炉子上的砂锅里　还有好多汤啊

墨鱼苔粉汤　排骨藕汤　土鸡红枣汤　银耳汤……

都端上圆桌来了　还有泡菜和咸菜

泡大白菜帮儿　泡萝卜　泡包菜叶子

腐乳　辣椒粉子　黑皮豆豉

都端上来了　父亲　坐在上席

举起酒杯　号召一家人　庆贺新年

母亲还在厨下忙着　还要清炒一盘菜薹

新的一年　就这样在一次家的盛宴中开始了

吃　大吃　喝　猛喝

敬酒　祝福　干了

下巴上流着谷酒的余沥

干了一杯　接着用筷子狠狠地夹菜

人感觉要飘了起来

脚板心在发热　小腿肚子又热又柔软

大年饭吃得那个饱　让肚子　重重地鼓着

嘴里　说着自己也听不清楚的酒气连篇的话

一家人话说得像在吵架

吃完年饭　接着泡热绿茶　端着杯子

在踏炉边　一家人围着木炭火炉烤火　说话

零食就堆在茶几上　水果　雪枣

小金果　花生　焦切　猫耳朵　苕果儿　油炸馓子

姜糖　红姜丝　包着玻璃纸的水果糖　炒爆了表皮的蚕豆

芝麻糕　绿豆糕　沾着白霜的柿饼……

随手拿着吃　要是想吃热的　就在踏炉上

把黑铁火钳张开　放上木桶里水泡着的糍粑

糍粑烤好了　也是鼓着焦黄的肚子　叭地胀开

冒着热气　用手　拍一拍热糍粑上的炭灰

想怎么吃　就怎么吃

想吃又不想吃的话　就你递给我

我递给他　一家人都这样鼓胀胀的

欢度春节　一个新的春天　不久就在夜色中降临了

在一家人守夜的热闹中来临了　在零点

要放四五千响的电光鞭　或者焰火

整个小城　都炸开了锅　到处都是鞭炮响过的硫黄味

大年　也就这样来了

这一家家人　继续打麻将　或者睡觉

明天天一亮的头等大事　是要开财门

开财门　就是在大年初一的清晨　第一次打开家里的大门

一定要早　要点燃鞭炮　用挂鞭或者盘鞭

一定要用最热烈的声音　欢迎和供奉这新的一年

财神来得早早的　有福之年

陆水河上的老粤汉铁路桥

陆水河上的老粤汉铁路桥

和我在战争片上看到的铁路桥一模一样

远远看去　像我三年级练毛笔字时用的一排米字格

但颜色是灰色的

那是我最早看到的大铁

摸上去硬邦邦的　有寒气

大铁上布满了蛋杏元大小的铁钉

手感很好　可以用指甲刮下红糖似的铁锈

在梦中它像传说中的巨兽

但颜色还是灰色的

那时是 1983 年左右

火车头像一个巨大的京剧脸谱

呼啸着来了又走

它喷出的黑烟被甩在铁桥上空

慢慢变灰　变白

变成铁桥上空的云朵

江夏民居记

这些都是祖宗留下的房屋

门匾上每一姓的题字都不一样

姓姜的　　渭水遗风

姓王的　　绪衍三槐

姓李的　　伯阳世风

姓刘的　　墨庄世第

……

除了中国　这世界还有哪一个地方

可以把一族人生活在四个字里

在异乡漂泊的孤独中

一个人突然因为某四个字而　涕泗横流

我知道　每家独有的四个字　都是温暖的入口

我知道　这就是我所有的情感的界限

被一块块青砖　垒在无边的山川　稻田和绿草之上

承接雨水　收获粮食　窖藏金银和家训

这四个正楷如此肃穆

白底黑字　和父母丧事的挽联形式一致

它们是父母的眼睛

黑字是四个眼珠

白底就是他们的眼白

打木耳

午间的暴雨过后　天仍然燠热
我们相约去打刚刚长出的木耳
没想到一场雨　会在树枝间
长出这么多黑色的耳朵
我们用竹竿随便捅几下
它们一个个掉下来
放进竹篮里　它们好像还在收缩
不知道在听些什么
我们在山上围着一棵棵树打转
直到天光渐暗
竹篮中的暮气好像都变得沉重
木耳也堆得老高
回家的路上
我们在篮子里随手翻检着它们
说　这个像猪八戒的

这个像唐僧的　这个像猫的
还有这个　像老鼠的
我们一路沉溺于这比喻的游戏
好像都忘了它们是用来吃的

舀泉水

有一天　爷爷提着个陶罐

带我到一个山脚的泉眼边　舀泉水

他给我示范　先用瓷碗

一一把泉眼上的杂草和苔藓拨开

然后一碗碗把泉水舀进陶罐里

水快满了　就把瓷碗盖在上面

他说　就这样

从那个夏天开始　家里陶罐里的泉水

很多是我舀来的　喝惯了泉水的我

并不觉得它有多甜　只是觉得很解渴

有点像现在上好的冰啤酒

可以一口气咕嘟咕嘟喝一大碗

但舀泉水是件很费力气的活儿

每次回到家　我的衣服几乎全汗湿了

遇到暴雨过后　还摔了不少跤

陶罐中的水泼了　还得重新再舀

但是上小学以后　爷爷就不让我去舀泉水了

虽说家里的陶罐中从来没有缺过水

虽说我在用碗大口喝水的时候

根本不会去想这泉水是谁舀的

麻城水田见白鹭

绿油油的水田中

竟然飞出了白鹭　一只　两只

更远处　还有第三只

它们的翅膀下是大别山的余脉和树木

有的山峰像用焦墨擦成

我已走过数省的稻田

只有行进到这里

才看见白鹭从水田里飞了出来

那最远的一只

是来自中唐的王摩诘

那最早被我看到的两只

因我怜爱　没想过它们是别的什么

在暑天的阳光中

我跟着它们的飞翔而飞翔

麻城柏子塔下

庭前柏树子，忽在塔之间。

——清·陈发祥

用一座塔　囚住一棵树

虚应和尚在千年以前　就看死了这些生命

他让砖头和柏树比赛腐朽

看谁才有金刚大力

他坐在柏树下参禅　直到身朽

塔基处留有他仅容一身的洞窟

现在塔门已封　要保护全国重点文物

我无径可登　在塔下徘徊

当年的青砖　在现在满目皆红的塔身中

坚持着当年的岁月和面目

我的记忆在多年后依然发红

我们现在登楼不登塔

我把在武汉的高楼中的住宅当洞

把天空作华盖代替柏树顶

把楼下的汽车当蝼蚁

把我当成欲爬上柏树的瓢虫

他叫虚应和尚

谁不虚应此生

闻洞庭湖候鸟提早归巢

鸿雁　豆雁　白额雁　灰鹤和白鹭
提早回到了八百里洞庭　它们越冬的巢
这里有的是吃的　喝的　和苦寒之地没有的温暖

洞庭湖的大堤下　无边无际的湖滩
是故乡一望无际的黏稠的湿地　浩瀚的洞庭之水
不知疲倦地拍上来　亲人般口沫四溅地拍上来

我的诗学地理

往南　到老岳州府的洞庭湖

就可以了　君山的斑竹

洞庭水中的星子　杜甫和孟浩然的诗句　足以

让我不想再往南

往北　到襄阳和樊城

到庄子的故国　到大别山

再往北一步　我也许就觉得寒冷了

向东　只到九江

我不想离开黄州　黄梅　彭泽和庐山

西向的秦巴山　武陵山　还有三峡的起点夔门

有桃花源　有猿声中湍急的唐诗

让我不想踏入秦地一步

我在老武昌府的黄鹤楼下

遥想朝秦暮楚之地和鸡鸣三省的晨曦

如果精神尚好　就去鹦鹉洲

以一杯薄酒临江　在祢衡的墓边坐坐

长跪在杜甫墓前

杜少陵出生在一个适合死亡的地方

他的死应该比他的诗

更现实主义　而我更喜欢

形式的老杜　音韵铿锵　格律精严

那是唐诗中最有风格的嗓子

是汉语最清癯的骨头

他让苦难无法被粉饰和遮蔽

让美　自己守得住自己

这就是杜子美　文天祥说

千年夔峡有诗在

一夜耒江如酒何

何止是现在　夔峡的水已漫过了子美的诗句

诗人只能宿命般地死在酒水之上　月光之下

在巩义　还埋葬着七个北宋的皇帝

而老杜的骨头迁自耒阳

这具迁来的遗骸

让历史一下子厚重了许多

我长跪在老杜坟前

想用骨头接近骨头

想听一听

他那口纯正的河南口音

草庵钟

我知道这世间有一种钟
叫草庵钟　它来源于弘一法师
这种钟　只有一个特点
就是比平常的钟　总要慢半个小时
1935 年 11 月左右　弘一在草庵
卧病一月　身边陪伴的
就是世间第一款这样的钟
此后　弘一每到一处
都要把钟调慢半个小时
他喜欢这样做
这样的钟　他统称为草庵钟
他说只要看到这种钟
就想起在草庵生大病的情形了
并使他发大惭愧　惭愧德薄业重

作为后生　我也极喜欢这种钟

我喜欢它的不精确

喜欢普遍的时间中突然有了个人性

更喜欢时间在一般的面相之外

还有不同的面相

而我最喜欢的还是这个名字

草　庵和钟　这三种世间异常不同的事物

怎么竟成了同一个事物

用诗守候一个已经在中国消失的县名

在家没事　我会时不时看一下

清道光十六年（1836）蒲圻县知县劳光泰纂修的《蒲圻县志》

这是部影印的雕版竖排繁体字的电子书　PDF 格式

纸书由台湾成文出版社有限公司印行

这书是我数年前在网上下载的

蒲圻于 1986 年撤县改市

1998 年更名为赤壁市　坊间传说

这是胡绳先生的建议

蒲圻这个名字现在也在

以前的城关镇　莼川办事处

现在就叫蒲圻办事处　但不是县名了

而莼川　一个标志着生长莼菜的地方的名字

就再也不在了　在劳光泰的这部县志上

莼川叫莼塘　是城西宝城门外的

一片水域　每年都生长着上好的莼菜

莼菜是一种什么菜

想来吃过的人都知道

据我所知　莼塘的所在地

在 20 世纪 70 年代　是鄂南化工厂

这个厂后来因污染太严重被撤走了

我在初中和高中的很多清晨

在去学校的茶山采茶时曾经过

我多次看到

在长满竹子的小山间　湖水闪烁着朝霞的反光

可是这湖水如果定睛一看　里面的确是可怕的红色

像浮动的血块和血丝

实在让人难以想象　这就是曾经的莼塘

一直以来　我对中国的县名

都有一种特殊的感情

在劳光泰的这部县志上也刻着

楚以荀况为兰陵令　盖在秦置郡县之先

我是楚国人　喜欢楚国的哲学和文化

更喜欢楚国的物产以及像楚国漆器一样

绚烂的日常生活

而县　哪怕是在我们地球村的当下

它也是我们无法置疑的

一个非常确实和具体的来源

我一直以为

如果想了解我们生存的这块土地甚至国家

或许应该去现在的各个县城走一走

它们或许在秦统一以前

就已经标准化和模式化

或许可以称为我们千载的牢笼

但也是我们的家园

蒲圻这个县名　其得名也晚

史载是三国吴黄武二年（223）所立

又传说孙权十五岁时

见此地菖蒲繁茂　笔直如剑

遂号蒲圻　蒲圻　翻译成白话

就是菖蒲生长的地方　并且生长得一望无际

菖蒲和艾蒿　是端午节时

此地人家门口必挂的专用之物

它们是自然的物产　也是风俗的标志

现在　蒲圻这个县名　是没有了

它由一个寓意绿色　植物和水的县名
变成了一个寓意火光冲天的县级市的名字
这种变迁　或许有它当代的逻辑和合理性
但我仍然喜欢蒲圻这个县名
喜欢菖蒲和莼菜
仍然把自己视为一个蒲圻人

沧浪之水考

漾　是汉水的乳名
我可以把荡漾
还原为汉水摇动闪烁的波光
《禹贡》上说　嶓冢导漾
东流为汉　又东为沧浪之水
《汉志》颜师古又说
漾水出陇西氐道
出荆山东南流为沧浪之水
即渔夫所歌者也
啊　也就是说
汉水流到现在的郧西　郧县（今郧阳区）和丹江口一带
就是沧浪之水
也就是在这里　有渔夫放歌
和汉之游女的身姿和对白
汉水的这种哲学和美学的品格

其来有自

现在　政府正在加紧南水北调

要将一江清水送往北京

啊　这些清澈　温良的沧浪之水呀

又将像血

流进祖国的心脏

在武当山看山

面对那些绿色的三角形的山峰

除了赏心悦目　还能说什么

在心里　它们就是汉字　山

既是山的形状　也是山

留在心里的痕迹

这感觉　也是绿意盎然的

我是多么感谢自然　是它

在我的心中　留下了刻画

并固有不消失　是啊　这就是美

生产的机制

武当山的金顶　远远看去

像良渚文化出土的字符中

那个顶端的圆

我可以视之为日月

也可以视之为冗长生活碰撞出的光芒的象征

它经受过无数次雷电的身体

如我体内的神经和血脉

分布的形状　是啊

这也是身体中空间的广延

是奇迹　一如我的身体

在生命中所能感受到的细节和点滴

一个湖北人　在武当山看山

体验　的确是不一样的

我身体中的雷电

早已接触过劈打在金顶上的雷电

我确信　它们也早在多年以前

甚或就在几天以前

一次次击穿金顶

也穿透我的身体

它们　是我的神经元

我的动脉

我的毛细血管

江水

秋风中

江水流动着油画的笔触

那一点点波光

在浩渺的大江之中

生成　显现　然后破碎

如果我执着于那一瞬

如果我感喟我们所共有的浮生

这些生成和消隐

不仅是美的　还是疼痛的

并且是无须记忆的

菖蒲小赋

我曾经热爱过的事物中有菖蒲

我爱过它萌发于初春的爱情的舌尖

我爱过它经过仲夏的淬火炼成的辟邪之剑

我爱过它属于我故乡蒲圻中的百分之五十的命名

以及它属于屈原的仪式和楚国的风俗

我爱过它的绿和它的致幻的毒性

这两者　似乎都可以和诗歌相关

我爱过古人对它的赞美

不假日色　不资寸土　耐苦寒　安淡泊

虽无缘脚踏实地　但在寒冷和漂泊的水中

一点点热量可以自我储蓄和喂养

身体　就是可依托的土地

而现在的我是一个非人类中心论者

以上的种种寄托　尽可以全数删除

它安然地生长在水中　被我偶尔看到

它的香气给予我的就是给予
它的袅娜和锋利都超越了我的形容词
它的今夏和我的今夏
是共享　是偶然的相遇

东湖吟

莫怪天涯栖不稳，托身须是万年枝。

——唐·韩偓

东湖不是一个意象　它是个存在
东湖是从什么时候开始存在的
我不知道　但它一直在我身边存在
我只是个很普通的男人　我不知道是什么力量
让我至今生活在东湖身边　一瞬近三十年
东湖很美
我讨厌所有现代汉语中的仿古赋体
文字　有时候色情　有时候暴力
有时候附庸风雅　有时候出卖灵魂
是的　我心中的东湖　是非文字的
它并不因人而美　也并不因人而自饰其非
它超越了语言和善恶　自是其是

并承受所有可能的人的作为　而无所臧否
简单地说　东湖　就是一片水域　一个世界
对某些人而言　可能还是一个家园
悖论的是　我是在使用文字
书写我的东湖　我屈服于我的内心
一个个体主观的专制
勉强如此的理由只有一个
我要以人的努力去除人为的因素
让东湖回到它自己
让它从命名中　从城市中　从地图中
从数字中　从虚矫的抒情中　解脱出来
人而人之　天而天之
天人各归其所　从而各自获得平等的起点
东湖和人不一样　它的水波
也是沉默的　如果不是风激起浪
我们就听不到东湖在发声或者湖水的语言
浪与浪相撞击　湖浪拍岸　在人
可能听到了某种音节　叹息也好
呢喃也罢　不过是人所感觉到的偶然性
这可能算不上湖水的声音

或是风的自语　是风的自我表达

湖水上有船　船上有桨

桨的声音欸乃　听上去

是木和水的互动　但也不妨听成是人的语言

当然还有马达的声音　急促　更有人的效率

汽艇的速度让波浪四起

波浪如醉酒般摇晃着　长久才能消停并

归于安静　不就是一片水吗

以及周边的树林丘山

水中的鱼类　天上的飞鸟

但热爱生活的人太多了

观景的走过　钓鱼的枯坐

拍婚纱照的　盛装摆着姿势

一颦一笑　人类的爱情颇有了些衬托

湖堤是忙碌的　因为纳入了人的审美范畴

一株池杉　站得像男二号

一棵柳树　只比女一号稍逊

这甘于做配角的春夏秋冬的东湖

演绎着人的城市生活的故事

元宵的灯节来了　门票涨到了五十元

64

穿着制服的人　在湖的边缘值班　验票

与其说灯光照亮的是东湖的夜色

不如说灯光闪烁的是人的欲望

这两个人在一起　是老夫老妻

那两个人在一起　是新交的情人

当然　说得正常一点

是人的性情在灯光中缓慢发酵

踏湖迎风　赏灯流连

人的动作　让城市的夜空滚动着红云

滚滚红尘　正是其写照

也是其含蓄的喻体和模糊的肖像

人的欲望和爱意　不用说都是热烈和潮湿的

东湖的无辜只是碰巧被如此寄托着

再隔一天　真实的雾霾像一个未曾预期的他者

既不可理喻　也莫名其妙地重复而来

东湖的水　被赞美一次

或被欣赏一次　也不过被利用一次

或被抛弃一次　人声不去

人影不去　湖景都是服务生和服务器

湖水的休息　不得不从人影散去后开始

人说　这是东湖的野趣

把汽车停在湖边观景或恋爱的人

也深有体会地说　湖水很肉感

湖堤如束带　湖水自由如女性的脂肪

不可约束　隐约的山林有起伏的感觉

先月亭的柳树　是青春的珠帘　柳叶上的

反光　是青春的金色　或许也是欲望的鳞片

当然东湖所能允诺的　远不止这些

只是人的格局很小　小如掘地的蝼蚁和扑火的飞蛾

人束缚于自己的记忆和激情

放大了在某个空间的感观

东湖水深　不会在乎这些人的体验

湖底的大鱼　或许在寻找氧气

有的湖蚌已经终老　尸体被水波推到了岸边

还有饥饿中的苍鹭　就着湖边的夜光

在专心守候今夜的食物

可能是一条倒霉的鲢鱼　也可能是

一条生活在困境中的胖头鱼

东湖之大　正是在人去之后吧

人去之后　湖　才回到了湖的本义

而作为我之个体的东湖　是从秋天开始的

只是一个小乡巴佬能与一个巨大的城中湖相契

并没有任何优先性可言　恰如东湖秋天微小的萤火

只能照亮身体所及的一块地方

明　是看见　灭　是归于晦暗

纵使看见　也不免有诸多错觉

或是主观一厢情愿的联想　和知识无关

不过是感性之近于本能的日常生活的分泌物

它从武汉大学的凌波门开始　一眼认识了

悬挂在秋风中的坚硬的梧叶　蜿蜒于湖边

像水边的火　像乡下的篱笆　勾勒出东湖的边界

我并不认识对岸的梅岭　更不知道以后的岁月

会时不时一步一步走进去

去摘树根上的蝉蜕　并看到树枝间挂满了

白鹭和红嘴鸥干枯的尸体

那些张开在树枝间的白色的飞翔

很励志　但也很虚无

湖水在眼中皱斜　似传来柔软无言的抚慰

我看见成群的椋鸟整齐地站在电线上休憩

更看到椋鸟的军团　像一阵黑色旋风

卷曲在东湖上空　如想象中妖怪的出场

在寒冷之中呈现　并烟一般消失

湖边的渔民　一边用红砖搭起灶

煮鱼和萝卜　一边用气枪瞄准　打湖中笨拙的野鸭

东湖的冬天很热闹　一批批候鸟过境

鸟多于人　人不是主角

候鸟走后　是雪和冰　它们有寒冷的普遍性

我的脚步　曾经冻结在那里

但也和冰雪一起　消失了

但鸟的身影和叫声　没有一刻消失在东湖的空中

自我居住于湖边　做了翠柳边的一个有户籍的市民

虽经过了这么多东湖的四季

但也乏善可陈　铁打的营盘　流水的兵

在这里　我就开始去殡仪馆送人

然后回来　并居住着　那些人被生活剔除了

但湖水无知　它自身只变化着

并无知于这些变化　只顺应着

我无心讲述一个个个体的故事

因为讲得再多　东湖不知道

它也无心了解或者知道

所历无非人事　它只是每每被动波及

这些事也像烟和水　升起　而后消失

和湖水的经验并无二致

我或许可以说说一些事的一鳞半爪

像省博物馆到省文联的一条水泥小路

旁边是东湖小学　14 路公交车在树荫下喘着粗气

湖北日报社的大铁门　打开和关闭

都有意识形态的底气　但过了这条路

就到了东湖　水泥的界线标记得非常清楚

草木归于草木　丘山归于丘山

江郎才尽的诗人在湖边郁闷地散步

没有什么可以激发灵感

黑水鸡在湖中自由地鸣叫

一只翠鸟　像被自己的长嘴指引着

飞离了隐身的树枝　而东湖小学的学生

像一群鸟在观看日出般观看升旗

省博物馆陈列出战国铜剑和曾侯乙编钟

新修的武汉大道摆满了鲜花

等待国家领导人从天河机场一路而来的巡视

城市和蜂巢和蚁穴　区别并不太大

湖对岸的磨山　像乳峰一样挺起来

湖水如乳汁四洒　将城市喂养

这或许就是文和野的区别吧

东湖总是野的　它随时能被整合和调动

能进入的　都是经人允许过的

门票作为凭证　都一一被撕了下来

但东湖　只是水的世界　山的世界

鸟的世界　昆虫的世界和鱼类的世界

人是客　因为人要离开

不离开的生命　才是东湖本有的

是它的常住民　生死于斯　不用礼仪

爱着东湖的人　终是无益

东湖时时因人而变　它的好脾气没有语言

但也不需要言语

山间野樱

那是我无法接近的美
它们一树树　开在很远的山间
把春天渲染得热烈又寂寞
我无从知道　这一块块大地的红晕
从何而来　但又让人明显感到
这天然的羞涩已从大地溢出
无疑　这是土地和季节的双重馈赠
这稀有的此刻　将会成为任何此刻
这一树树热烈和寂寞
在一条山路的转弯处　扑面而来
既无法拒绝　也无法贴近
它们是我人生中不需要任何优先性
但却是唯一性的山间野樱

初夏苦笋

我的初夏　来自两张《苦笋帖》

一张是怀素的　另一张是黄庭坚的

怀素的内容很简单

苦笋及茗异常佳　乃可径来　怀素上

他丢出的这十四个字的小字条

一瞬集中了身体有关季节的最新体验

这些笔迹　每每像在告诉我

是到了吃笋和喝谷雨茶的时节了

而我个人的《苦笋帖》　多年来

一直散落在故乡的山间水畔

那些苦笋仿佛是我身体的微缩版

我上小学的时候　它们像毛笔和铅笔

我上中学的时候　它们像圆珠笔和钢笔

我一直叫它们笔杆笋

只需半小时　我就可以在山上抽一盘回家

母亲就着酸菜清炒　或佐五花肉红烧

似乎没有比这更可口和下饭的时令菜了

现在我有时去东亭生鲜市场买菜

突然看到它们捆绑在一起　直立于众菜之中

如翡翠　如白玉　如浮屠

真的是亭亭玉立

我的初夏仿佛才真的到来

我那时觉得　只有它们才是庄严的和不败的

敬惜字纸

我写字　写着字的美学
每一个汉字都发生过故事
还等待着故事
我透过汉字看到母亲的微笑
那笑来自地下的坟茔　像只兔子从草丛里跳出来
让我的怀念在深夜把自己揪紧
还在酒精中痛悔自己荒废了的青春
我想告诉她有很多新词在她死后出现
另外我还忘记了很多她教给我的方言
有不少可能是在吃奶时学会的方言
所以我喝酒　一个成年男人要喝的奶
酒精让我一眼看到汉字里的生命
就像我相信母亲不过一直在那里睡着
只是不愿意醒来而已

每次我读着母亲写给父亲的情书

就发疯似的爱上了汉字

珍藏着那些笔迹

那是 20 世纪 60 年代的蓝墨水写的　红色栏格的信笺

上面还有红色的毛主席语录

我看到一个少女在用青春写诗

用汉字蹦出自己的心跳

而在她死后　我看到

每一个汉字都像她走动时的身体

我的母亲是个教师

别人都叫她但老师　但是的但

她用她的爱情孕育出我的生命之后

用 20 世纪 70 年代的缝纫机给我做衣服

用柴火给我做饭　还骂我是喂不饱的猪

我一直没有注意到母亲还是个会写字的女人

直到我看到她在煤油灯下写信

把一个乡村小学的夜写得油尽灯枯

就这样我顺便爱上了写字

母亲说那是书法
而我练过多年的书法
只是给她用白布写了篇祭文
和她一起进入焚尸炉
我看到炉顶的烟冒了出来
像永字八法那样最先冒出一个点来
我就知道母亲已经活到汉字里去了

所以我相信汉字一定是美的　至少曾经很美
我想让每一个汉字回到母亲的过去——生命和爱
直到我自己也在汉字里存活

冰棺中的父亲

他明显走了　冰棺里留下的
是一尊雕塑　但这没有了生命和灵魂的
艺术品　依然很美　我第一次看到这样的塑像　觉得陌生
直到这时　我才发现它闭合的嘴唇特别完美　我相信
肯定有很多爱美的女性早于我几十年就发现了这一点
那一定是天然的男女相悦　和伦理家庭没有关系
但它现在的安静　明显不属于我的父亲
他生于嘉鱼县陆溪口躲日本兵的难民群中
那是 1944 年　这个童年受宠的孩子
他脖子上的银项圈只可以换一个江西老表货郎担上的糖人
他上小学一年级的那天在新店小学的操场上当众尿尿
他被过继给了大伯　身上有两份家产
都是新店街上的大门店
但这并不能阻碍他的成长期变得越来越贫穷
奶奶卖掉了大部分的房子

甚至把房子上的青砖拆下来成堆成堆地卖

仍不能避免让他在蒲圻一中上高一的时候辍学

而后去务农　做搬运工拉板车

行走于赵李桥镇和新店镇之间　行走于蒲圻县城的街巷

这个爱慕虚荣的英俊青年　耻于拉板车这个职业

蒲圻搬运站的工人曾一脸不屑地对我说

没有一个搬运工有你爸爱面子

在街上拉板车他要用草帽遮住他大半张脸

后来他终于有机会做上了搬运站的会计

在成堆的女人面前有了自信

他和她们谈样板戏的欣赏　谈新近一期的《文史哲》

那时我们四个兄弟姐妹已经上小学了

敬畏地看着这个口若悬河的像很有文化的男人

他给我们讲穿草鞋还是穿皮鞋的道理

他对我们使用暴力　把我整个地拎起来往泥地里扔

是的　这都是这个冰棺里的身体曾经做出的事情

他现在是不是已经不屑于使用力气

就像曾经也对我表达爱

用手上的温度　眼睛里的温度

凌晨我在病床上睁开眼的三点钟

看到他在床边　安静地等待我手术后的第一次放屁

以后他越来越顺　当了经理　当了厂长

还有了一辆北京吉普

他打麻将输出去的是美元

他从蒲圻到香港去引进塑料制品厂的设备

他身边总有年轻美丽的女人　我后来叫他老帅哥

说起他的附庸风雅　和蒲圻诗人叶文福　饶庆年交朋友

机帆船驶过陆水河和陆溪口　溯江而上去武赤壁

听他们临流赋诗

他还调用装卸公司的汽车

装陆水河的河沙去支援县一中的基建

因为傲气　和县交通局的领导闹意气

这都是这个身体曾经干过的事情

我们兄弟姐妹四个还在上小学的时候

我妈三十岁　得了红斑狼疮

他到处写信为她求医　把老中医请到家里一住几个月

在蒲圻搬运站那间二十平方米的房子里

我临摹颜真卿的《多宝塔碑》

捏着他出差后带回来的新毛笔

感觉墨水中都是中药的味道

我妈一直在病中吃醋

复杂地看着这个令她无可奈何的男人

她在五十九岁时死去　死前说　如果病好了

她只想一个人生活

这都是他干过的事情　但他实在是个可爱的男人

他在人前的笑容没有任何伪饰

虽说这不可避免更让女人动心

他用眼睛和笑容听你讲话

有再大的事情也会为你的讲述驻留

他对生活充满耐心　奉亲唯孝

对兄弟竭力帮扶　十五岁就开始养一大家人

我们兄弟姐妹都工作了　他的厂也就垮了　接着办理退休

实际上　他连个县里的股级干部都算不上　也没有职称

这段时间看病　他更多依赖的是社保

他好像做完了他应该做的事情

就非常合理地走了　很平民　虽说他是家里的老大

现在他就这样在冰棺里　以父亲　以兄长　以长子的身份

留下另一个东西给我们　一尊安静的雕塑

就像我曾经描绘过的空巢　抽干了时间里的生命

成为一件真实生活的艺术品

这个冰棺里的身体　是它　而不是他
冰棺是透明的　但并不是说没有障碍
他现在就在用一个透明的障碍　安静地拒绝我们

守灵之夜

这整整一夜只有两个主角　　一个是死者
一个是唯一的陌生人　　那个整夜敲着脚盆鼓歌唱的人
我们称其为歌师

死者不再说话　　但歌师仿佛要说出
死者用一生才能说完的话
鼓皮和皮肤一样绷紧在我们身上　　在鼓声和歌声中
领受鞭笞　　那死去的生命
似用了一夜的时间　　走进本就内在于我们的生命

他从晚上九点一直唱到清晨六点　　然后进行哭丧
孝子们披麻戴孝　　齐刷刷地跪在鼓前哭泣
鼓声更烈　　迎接即将到来的死别

天亮了　歌师走了

显示灵魂已被昨晚的歌哭送走

看父母合坟

父亲走了六年　来凤凰山和母亲同穴

我无法考证五十多年前 他们如何第一次

在新店镇的石板街上相遇

普通人的故事一样可以冗长　虽说可能没有意义

但这并不妨碍他们像两条鱼　生活在同一个缸里

相濡以沫四十年　而后以灰烬的形式相聚

清明祭

我很多亲人　已化身为故乡的泥土
他们现在覆盖在竹根　草根和木根上
一如我的皮肤　覆盖在肋骨和血管上
山间喜鹊鸪鸪的鸣叫　亲切如召唤

生与死　或许是同构的吧
就像满目的绿色　是同构的
我看到坟边卷曲的蕨
在细雨中慢慢伸直身体

岁月之爱

我从不抱怨没有从生活中得到更多
我甚至感谢每一个从喉中蹦出的词
它们像湖中坚固蓬勃的岛屿　水声即爱
多少坚如磐石的事物早已化石为水

安慰

这滴雨珠还挂在枝头

它不忍落下和舍弃的　是安慰

我还看见你

已老的春风在湖水中笑出雉尾纹

也抚触过我心中的枯蕊

我不觉踩到了湖堤上池杉落下的果子

但它里面的生命仍然是完整的　我很欣慰

我每一次来　你们都像在原地等着我

并且充满变化和也可以忽略的小细节

这让我觉得行动甚至是可耻的

飞翔更是可耻的

纯净的力量

当所有的事物都在那一瞬回到了自身
每一个命名就像被雨水洗过　这样的时刻
事物因为拥有自身而显得不可战胜
这样的时刻　没有什么是多余的

这就是我渴望已久的　纯净的力量
自由在这一时刻变得可能　我可以怎样热爱
像回到生命的原点并可以清晰地观照自身
一个人要在一生中找到几个瞬间
是完全属于自己的　且从不把自己屈从于未来

一个具体和另一个具体一样具体　这就是奇迹
美原来是这么简单　并且因此而拥有了重量
如果这时我看到黑鸟两那只漆黑的眼珠
视若无睹地看着我　转动

我会毫无理由地对它心存感激

它看到的事物在我眼中充满了诗意和力量

凡存在过的都不会消失

凡存在过的都不会消失

这个观点或许不合逻辑　但是我的信仰

有朋友说　生活每一刻都是现场直播

我相信这是真的

世界很神秘　我想到我的所作所为

像铁屑吸附于磁

都被这个物质世界拍纪录片一样

一点一滴地记录了下来

所有的场景都会存在于宇宙之中

可能会被某一个后来者的兴之所至点击播放

时间感

我对时间的感受并没有什么审判感
虽说我也知道时间一直在审视着我们
虽说　我们都可能只是它眼中之一瞬
甚至为零或者负数
但我不仅一无所惧
而且欣然面对我之所遇
我在这里就够了
我还有能量
我必须一点点把它们释放完

生命的给予

我们如能相对　已是给予
我什么都不确信　前世　缘分或命运
不过是语言的提篮
在我看来　相对即是相对本身
不需要爱和记忆　什么都不需要
我认为呈现才是合理的
呈现　任何时候都是一次性给出所有
我之前以为真实的　现在亦可视为假象
我们的身体不过是一些可亲或可厌的几何体
在我们的衣服之内　还有一身时间的旧衣服
我们因为脱不掉它更是无奈

山中

独坐之时　我不知道要经过多久

才能恍然从山中抽身出来

我像经过了一场星斗点燃的烛光晚会

我感动　但没有来由

仿佛这是我天然应该享有的

我像根树桩　与马尾松和枞树干

在一起　松风　有一阵没一阵

拂过我　也一样拂过它们

周围的响声好像是月光滴下来的

或鸟啼破喉而出的液体

我仿佛听懂了一点什么

那清冽的溪水　绕身而流

又冷　又痛

但又像是理所当然的

一棵树　即是山的皮肤上的

一根毛发　我也是
直到连毛发也感觉不到了
我仿佛才从座椅中醒来

枯荷

冬夜漫步湖边

就着环湖路的路灯

我流连于那塘稀疏的枯荷

根据经验　我知道它们的硬和脆

以及枯槁中独有的意味

空气寒凉　沁人肺腑

这时我看到一只夜鸟打开翅膀

从荷塘中飞了出来

像一片荷叶　从枯茎上飞了起来

那只鸟隐约看上去　是一只夜鹭

我看到它　一会儿又飞到另一根枯茎上

收拢翅膀　还原成荷塘中的另一枝枯荷

冰琥珀

雪中我遭遇的一枝红梅

是我今冬念念不忘的冰琥珀

那是我的目光在行走中碰到的

我看见两三朵怒放的红梅

和铁丝般的疏枝

全身都包裹在了冰晶里

我瞬时的反应　就是

这是我今冬被赠予的冰琥珀

这是季节的玻璃展柜

布置出的最新展品

寒冷和冰

也像给我蒙上了一层新的保鲜膜

季节于我　像是生命的另一个词

而冰琥珀　你寒冷得让人疼痛的美呀

不仅是鲜活的和洁净的

也是艳丽的和完整的

自我的关爱

我曾经爱过的事物现在仍然爱着
我从不折腾自己　不对自己发狠
对自我的认同任何时候都要大于对自我的追问
甚而我在古人的文字和笔迹中能找到自己
不写诗的时候　我会盘腿坐一坐
听一听身体对我说些什么
它是我的根　就算它是脆弱的草根
我也完全接受　并且我知道它在日渐衰老
不喜欢的事物越来越多
比如网红脸的美学　或者重口味的厨艺
好在它仍然是完整的　相对健康的
一如既往　支撑着我的喜好和厌恶
这么多年来　是它的初始经验构成了我的取向
现在　就算我碰到特别喜爱的东西
再喜爱　也会小于爱

胡同印象

房顶可能是黑瓦或红瓦

墙可能是青砖或红砖

胡同　像一根历史没有截断的盲肠

它提供家和亲人　提供不眠的夜晚

提供粉笔刻画在墙上像蚯蚓一样弯曲着的青春期

提供滴着肥皂味的内衣和闪烁着夕光的黄昏的睫毛

它还提供有热干面　面窝和油条的早晨

提供从胡同口天天驶来的收粪车的吆喝

电线杆上的医疗广告和电线一样思绪纷乱

到处都是雪花膏的味道

这在城市中展开　直至消失的鱼尾纹

我会牢记这一刻的阳光

我会牢记这一刻的阳光
尽管它终将被历史遗忘

只这一刻
我看见它把空气镀成金黄
越过那些细小的灰尘
到达　深入而后消失

美就这样出现了
尽管它曾经也已出现

禅意

就是那片
在斜坡上的
黄黄的叶子

阳光来了
它就辉煌
风要来了
它就响

春鱼

春鱼　是我老家赤壁市新店镇独有的鱼
它们一般只有一厘米长
在春水中游动的时候
像一小根一小根透光的荇藻
随风飘动　头上的两颗小黑眼珠
像两粒尘埃　每年桃花汛起的时候
它们一群群从长江游来
在望夫山下的涧溪中徘徊游弋
阳光可以穿透它们的身体
内脏和骨刺　都看得清清楚楚
虽说是这么弱小的生命
但在水中　它们是自由的
也是集体的合群的
它们和水似乎没有分别

像同一种物质　如果不仔细看

它们就是水面上的一个个细小的波纹

沙市章华寺楚梅

只有章华台中无数楚娥的芳魂

才能开出你一树香雪黄花

只要你在　楚国就活着

楚国的美学　也活着

两千五百多年过去　这家国　这江山

还有什么是不可理解和不可宽恕的

在寒冷中输出香气　才见品质

在两千五百多年的风雪中

每一年　你都挂满了硬通货的黄金

这岁月好像还太短

只够你生长到三米高

冠幅　还不到七米

你伸出了所有的肢体　配合着腰肢

舞蹈　在舞蹈中　生活着每天的二十四小时

直到今天　展演着这场古今罕见的悠长舞剧

你的每一根枝条　明天好像还会更细

你的每一条枝丫　如果不开花　就竖着兰花指

无题

在不需要判断的时候　我拒绝判断

在古老的真理变得多余的时候

我拒绝真理及其古老　我珍惜事物呈现的

那一刻　比如我今天才看到木槿花

开了一树　妖娆无比

它们的重瓣和褶皱粉嫩得甚至太过香艳

但是当我看到它们

我无法不被吸引　并且愿意跟从

它们仿佛在对我说

我们来了　我们就是这样

你无法限制　也无法规范

新绿

新绿是如何生成的并不值得追问

眨眼　它们已经蔚然

是不是只有无中生有的事情

才能彻底刷新感性

我看着眼前的两排梧桐树

讶然于时日的迅疾和变化

满目的新叶　一齐钻出树枝

它们简单直接而来　就是两个字

新和绿　并且对生着

我曾经看到的所有的绿都不及它们绿

我曾经感到的所有的新也不及它们新

晨昏

鸟鸣在春天复制的每一个清晨

都是对我的鼓励　如能乘兴而起

行走于林间　香气如水波轻软的叹息

我也曾于黄昏　踏青于绵密的雾雨

在一种匀速的触及中领受那连绵的亲密

绿树穿着白纱　或许边上还有一位准新娘

在拍组照　目光和笑容　都很大众化

有时看到一只虫蛹吊下树枝半米

然后紧咬着从自己体内分泌出的丝

奋力引体向上

我不知道已错过了多少这样有趣的场景

虽然是在行走　但像被一个更高的

存在者注视　并悲悯着生命

虽说这并不妨碍我真实地感到快乐

我是爱着这样的晨昏的

万物皆在　它们沉默的教诲从未改变

记忆的形状

你是我体内的一根钉子

我知道你在　但看不见你的存在

你提醒我天气的细微变化

但并不是说　你有能力告知我抽象的时间

和一个具体生命所能存活的精确年数

你有时让我感觉到酸　和疼

甚至骨头上的某种潮湿的味道

我一天天地在变旧　但是你拒绝氧化

不用说　你是我身体甚至生命中的异己者和侵入者

我只能用神经元和触觉与你交谈

我想奔跑的时候　你就开始拖我的后腿

你是钢铁　但却具备医学的某种属性

治愈我　但也用一块坚硬的异物　干涉我

像在黑暗中的一块光亮的创可贴

遮蔽我当下的伤口

但又连接起我失去的往昔

接骨术

我身体中的一堆骨头里

有天然的接骨术

这完美的技艺我要认真赞美

多少年了　我奔跑　行走　跳高　跳远

一直都能顺利完成

且不必生出丝毫感恩之心

这种守护我不知道是谁的施与

我赞美　但没有具体的对象

生活中有这么多匿名的善的力量

就像空气　只要你肯呼吸

它就栖息在你的鼻尖

假如我有关节炎

我肯定会怨恨天气的变化

假如终有一天我步履蹒跚

把要抵达的目的地　视为畏途

我也只会怨恨衰老

我的女儿左手骨折

她疼得说不出话

眼泪很密集地流出来

像密集的骨刺　刺疼我

医生施展人工接骨术

让她一月接骨成功

但她现在略略变形的手臂

告诉我　任何时候

对人工的技艺都不要确信

在建筑工地上

满目都是出土的枯骨

在大地的内部

就算有再好的接骨术

也将无所施为

散虑的山水

山水亲和

在谢公屐下

和登临的眼中

煮雪的小丫很可爱

清泉倾注　如春色

有垂髫少年

悟得笔法

一撇一捺　势如桃叶

厚重的墨点

危如坠崖

那是一种压迫的美

冬天多么干净

山水逶迤如宣纸

不止明月和积雪

苞茅

江夏的苞茅　　总有让我放弃

修辞的冲动　为什么这里的水稻土是黄的

而田埂却是红的　它们如此贴近

却截然不同　　这是土地的考古学么

在江夏的天空下　田埂

暴露着季节的牙龈

苞茅就生长在它们边上

或别的没有开垦过的　有土的地方

不需要任何看护

江夏最适合生长的植物　看来非苞茅莫属

哪怕已经是深冬了　有的苞茅

虽然茎叶已枯　但在茎叶交界处

总有一块拒绝枯萎的绿

像腰间佩玉的破落贵族

在江夏　它们是稻草人　守着身下的稻田

是水师　驻扎在长江边

是这块土地的原住民　有的坐在树下

有的靠在江夏丘陵的青石边

去苏州抚摸水

水是苏州的皮肤　有丝绸的感觉
风一吹　这个中年美妇眼角现出柳枝般的细长皱纹

宣纸上的城市　看上去水墨淋漓的
可男人的悲剧就是只看到女性的皮肤为止

她不知不觉已是徐娘
所以苏州的水是浑浊的
而男人沉溺于用图纸和质料
布置空间　或者用生铁铸剑

在唐寅墓前

我并不是一个尊敬纯粹艺术的人
所以我坐在树影下　抽烟
青烟或如淡墨　在宣纸上
就是疏远的秋林　或美人的裙带　或几笔兰草

几只黑蚂蚁在树影下爬
这几滴明朝的余墨
眼看要爬上我身边的水泥墓了
那里还有唐寅没有完成的扇面

在宁波天一阁所思

没想到这座宅子曾经的主人
丰坊　成就了宁波范氏天一阁
小时候　我学过这个平庸的
书法教育家的书论
没想到他还是个
平庸的藏书家

一直以来
我对天一阁心怀感激
因为这里收藏了我老家明代的方志
今天　天一阁曾经所有的主人
还有我老家曾经所有的主人
都死了
唯一还活着的
是天一阁这个巨大的汉字的蚁穴

藏书　实在是件可怕的事情

我在天一阁里随步行走
对着天空　它不是文字
对着假山石　它不是文字
对着住宅　它不是文字
对着树　它仍然只是树
但那能把事物变成文字的力量
隐藏在哪里

五百年风雨洗刷而过
但风雨仍是风雨
我能看到的　仍然只是庸常的日子
和它不起眼的日常的力量

香格里拉的月亮（组诗）

九月的香格里拉

朋友说　快来九月的香格里拉

这里的草都是彩色的

九月的香格里拉　阳光和空气扑面而来

那种近让距离约等于零

这里是寂静的家园

每一种寂静都挨得很近

这里的绿色是对耐心的考验

这里所有的色彩都那么标准　就像色谱

让人产生皈依的冲动

这里的青稞已经成熟

我看见农民在田里弯腰收割

把一扎扎青稞上架

我看见牦牛在缓坡上散步

铃铛的声音像一株株热烈的狼毒草

从草丛中探出红色的头来

这里的湖水是特制的玻璃

沉淀着白云和蓝天

而雪山在高处沉默

像被时间冻住了年龄

这里没有物象是不具备神性的

我们千里迢迢　来这里和老友们相聚

彼此嘘寒问暖

在神性的世界里同时被人性温暖

香格里拉的月亮

我不知道它什么时候离开的圣山

直到我看见它并叫出它的名字

香格里拉的月亮

清辉已如哈达把山川挂满

红脸庞的卓玛

你已把哈达　挂上我的颈项

小时不识月　呼作白玉盘

如果可能　我会把它看成法轮的一个侧面

或者青稞酒在金碗里折叠出的毫光

也许只是你　对面的卓玛

你洁净的目光已允诺我家园　土地和牛羊

香格里拉的月亮

你就这样安静地在对面

同情地看着我

和我内心的天堂

青稞架

这把时间的老骨头
聚拢青稞一年一季的成熟
却让我平生第一次抬起头
仰望粮食

这把时间的老骨头
黑得就要腐朽
我看不清它身体里密集的年轮
可粮食　却被它支撑得这么庄严

在中甸依拉草原
这些时间的老骨头
会在任何景物中闯入
它们的立姿令人敬畏

花草匍匐在下
身后才是蓝天

过中甸农家

这里的田园比中原的高
这里没有村落　但是有人家
在山上可以看到一家家单独的房子
白墙木瓦
那是民居　有炊烟升起

走近房子　主人喝退藏獒
这里的民居都做成梯形
沿着木梯上楼
就走进了人家的居所　这是温暖的所在

主人给你做糌粑
用滚烫的热水泡上酥油奶茶
围着踏炉聊天
炉火很旺

暖意中感觉到一种木色

喝酒唱歌
这就是中甸农家的生活
我虔诚地加一块木柴
像是在俯瞰中原的生活

玛尼堆

藏民的内心可以变成符号
刻在石头上
让天见证　让风见证
给灵魂引路

我多少年没有接触过灵魂

我望着这些陌生的文字
用手触摸它们

看经幡在空中飞舞
像鞭子抽打着
感觉天空破碎
像玻璃破裂和崩溃
心里升腾着神圣的声音

在香格里拉

我知道应该把内心刻成符号

变成石头交给神灵

黄姓
——写给我的姓氏

在老黄州府　老武昌府　在江夏
姓黄的人是有福的
黄氏宗谱上　雕版的宋体字刻得很清楚
天下黄姓出江夏
都三千年了　没有离开故土的人是有福的
黄冈黄陂黄州黄梅
这一片山川　属于黄国
至今　也没有失去这一块原色
我不可避免　活在我的姓氏里
很荣幸　从甲骨文到现在
这个汉字都在绵延
我的姓氏的家园
因此很大　很悠久
每年回家祭祖的亲人很多
这是血液带来的感情

没有办法

这些亲人　在这里上上香　流一点眼泪

看看江水　红壤和无处不生的苞茅

就把家和姓氏装进心里

就继续满世界地去讨生活

中年识见

我曾经体验过很多美好的事物
有的甚至已经都忘了
现在有时突然想起来其中的一件
像把那种独特的美好
又重新经历了一遍
当然　我也经历过很多沮丧和
痛苦的事情　有时也会感到
被重新束缚于其间　我想
这就是一个感性生命普通的样态吧
现在的我　已人到中年
凡事无可无不可
排山倒海终敌不过云淡风轻
偶见天心月圆
我心宁静　一无所知

骨笛

我热爱河南舞阳出土的

那片中国最早的"目"字龟甲

那是文明的第一只眼睛

也为同时出土的那一支支中国最早的骨笛

心醉神迷　它们以骨头的形式

锲刻了我们审美的天性

逝去的生命　会馈赠我们以骨头

一如生命本身　会支撑我们以骨头

那根骨笛　则取自鹤的长长的尺骨

上面　凿有精确的孔洞

我想　那凿出的

也是属于人类共同的音乐的发声器官

依此　我们得以与天籁共鸣

对东湖夜色的复述之一种

我说的　都是地域的和具体的

我说的夜　一直都是今夜

但东湖头顶的月亮　一直是形而上学的

我说的春风　是今夜的春风

我说的纷纷细雨　是今夜的纷纷细雨

还很清凉　在我空蒙的心头

我说啊　今夜

我说今夜是任何一夜

我说的今夜仍然有无边的烟波

在细雨中是残酷的　要互相压迫的

我说的今夜的老柳树

它新发的嫩叶是惹人怜爱的

也是让人悲悯的

我说的今夜是无人用心疼爱过的今夜

我看到湖蚌的尸体浮动在水中

像盛夏盛开的荷
我听到今夜黑水鸡的叫声
是短促和胆怯的　在今夜也是黑暗的
我看到今夜的屈原纪念馆的琉璃瓦顶
是群众的　也是孤独的
我说的今夜　就是从它们的反光开始
仿佛到现在　仍然没有收起它们那一点点光芒

5月8日雨夜不眠反思听雨

人生况味　恰似听雨

以前我把雨　听成为大众的

包括我在内

一点点弱小的力量和易碎的生命

盲目　从众　不碎不休

另外　我把沉默的丝雨　视为忧伤的和抒情的

它们的沉默是曲线的　很好听

它们的身体阴柔苗条

像光线刺激出的细腻的触觉

我是南方人

喜欢这种潮湿柔软的情绪

每一次暴雨　都下得让我心痛

因为我知道大众的盲目爆发出的力量

多年过去　雨仍在下

其实　它们只是雨　而不是什么别的
它们的声音　或许是最好的馈赠
多年过去　我才像现在这样
试图以理解雨的方式
听雨　并且从此心无他念

听每一次从遥远的天上
下下来的雨

不自画的艺术

在传统中国画家里　没有画家
喜欢画自画像　自画　当是一种分裂的艺术
把一个人　自我的肉身　也当成了客体

这表明　不自画更是一种高超的美学
如果连蝉的一双翅膀都来不及画清楚
一个画家　哪里有心情自画呢

山水　花鸟和草虫　不仅亲切
更是欢乐和感动　它们活得太好
它们把生命都投入到了更广袤的地方

更爱民国女人

更爱民国女人

那是从早春二月开始的

春天像一个美丽的寡妇和母亲

小草和柳色

是韩愈和柳永眼中的旧物

而现实的春雨

打了一晚上的太极

有点像朦胧的爱

乡村是好好的

旧家庭也是好好的

但需要否定

白衣黑裙的女生

走过雨巷或在城市演讲

然后四季过去　又变成

穿旗袍　穿军装或穿洋装的

少妇　抗战军人和居家太太
她们的语言太丰富了
有方言　普通话和外语
她们在照片上表情肃穆
目光炯炯
衣服里的胸部
感觉很小

当我老了

当我老了　我也不会回到我的老家新店镇
去度过晚年　我觉得把一个人人生的终点
和起点　叠加在一起　这样太没有变化

当然　老要有老的样子　就在家待着
不上网　去买一部老人手机　并且基本不用
上午去菜场买两颗青菜　或者豆腐干什么的

和身边的人在一起　炒菜　做饭
打扫卫生　如果有老友来访
就加两杯水酒和一两个荤菜　叙叙旧

我知道　我的新店和我一样
不过是那几张老照片　再也无法改变
我的乡愁只是我的　是那种刻舟求剑的乡愁

我的江南

我的江南是美的

但我的江南的美是我的焦虑

我的江南有一颗温庭筠般缠绵悱恻的心

咿咿呀呀地舟行水上　在丝绸上滑动

我的江南有一弯细腻动人的腰身

在秧苗插入水田时　还在袅娜地颤动

我的江南的曲线　在心里都是甜的

像鹭鸶的长脖子弯弯地鼓起来

那隐约的腥味也是甜的

我的江南的如泣如诉的雨

都是清亮的和湿润的　但又有

蚕丝的质地　和身体相遇　有如旧识

那是只有人的触觉才知道的事情

我的江南的绿　也是绿分五色

那偏黄的最嫩　偏黑的最老

那青青的绿　正是我的江南的不老青春

我的江南的黑色属于建筑　属于家和夜晚

它们渲染在瓦上　在灶边

在生铁吊锅被炉火燃烧着的滚烫的底部

还有黑色的粉末　稀疏地沾在熏肉将滴未滴的油脂上

我的江南是声音的乐园

鸟声　蝉声　蛙声和虫声

不分季节　把人的耳朵都塞得满满的

我的江南有最好的空气和水

它馈赠了我的半个人生　让我无所察觉

我记得我行走在一望无边的青青的畈田里

和一头牛　一条狗那样走着

我眼中的地域　甚至叫不出名字

一只芦花大公鸡　骄傲地行走在一群母鸡中间

它的国度　和我的江南一样　有边界但不能被认识

而时代只是京广线上十五分钟一趟的列车

不用一分钟就轰隆隆离开了我的江南

或者像大红标语　刷在墙上

像山外的天空　有时挂彩虹　有时现晚霞

像又被谁随意地收走了

我的江南的夜晚　应该说是最晦涩的

夜空中　不知道星星是扯开了黑暗

还是在守护着黑暗

就像我　生活在我一无所知的江南

想象着山外的事情　听着半夜仍然轰隆隆驶过的火车

飞泡儿

它们在乡下都不叫白蝴蝶或蛾子

叫飞泡儿　在田间　在草地　在河滩

上下翻飞　轻盈飘逸

这是荆江农村中随处可见的一景

水牛在泥塘中散热　黄牛的背上

站着一只白鹭或者乌鸦

绿草疯长　树叶又大又肥

大部分的物体　都是静止的

房屋　牛　狗还有植物

只有它们　这些飞泡儿　在烈日下飘飞

不知道是在寻找食物　还是在寻找灵魂

砖茶吟

三月　江南红壤上的老茶树长出了新芽

这一片新绿来到老武昌府的春天

在江夏　咸宁　蒲圻和崇阳

还有湖南临湘的丘陵上

老茶树的嫩芽年年这样渲染着数省的春天

松峰山下的羊楼洞镇　从此夜夜灯火通明

数县卖新叶的茶农来了　满口葱蒜味的老西来了

精瘦的广东商人来了　俄罗斯人也来了

在这里买进新叶

南人在这里加紧制造生活的白银　压制砖茶

砖茶　是牧民和洋人渴望的乌金

是北方膻腥之地的肠胃所依赖的汤水

可以换马　换牛羊甚至女人

砖茶之路　每年从羊楼洞的春天开始

这里的少女和女人忙碌着在篾盆里拣叶

汉子在屋里炒茶　压茶　制作砖茶的洒面、二面和里茶
然后把这三面　双向对称压紧　做成方砖　一做经年
羊楼洞的泉水有三道　天天流着一个川字
所以这砖茶就叫川字牌

外封白纸　标明川字　装箱　从羊楼洞出发
装上咿呀的鸡公车
独轮把镇上的青石碾出深达数厘米的槽痕
一路在暮春中行进　陆路来到新店镇
卸箱装船　由蟠河入黄盖湖再入长江
夏天来到汉口镇交货　换船

往东走　沿长江到上海换海船出海　去英国
在欧洲市场叫 Hankou Tea（汉口茶）

往西北走　经汉水到老河口镇换陆路
装车到河北交货
砖茶得以在蒙古上市　在恰克图上市
经中亚在俄罗斯上市

一瞬已是深秋

雪花在砖茶煮开的碎青叶中　漂着白
在教堂晚祷的钟声和壁炉边的人声中漂着白
在贵族的艺术沙龙中飘着白

一年似乎就这样过去

而砖茶所经之途　不知道有多少人途中倒毙

有多少人在盘剥　争斗　算计

多年以后　我为砖茶途经的地方着迷

为大地春天的分泌物着迷

在松峰山下轻烟淡霭中的羊楼洞镇

继续看三道泉水面无表情流着那个川字

遥想一块块茶砖在边民和洋人的肚肠中

筑起的商路或者长城

不忘在家里收藏几块老茶砖

像珍藏着老家的少女在拣茶中失去的青春

像珍藏着已被岁月销蚀的白银

或者留住似乎永远也无法洗清其罪孽的商品

蒲圻县新店镇

新店镇位于蒲圻县的西南端

隔着一条五十米左右的蟠河

与老岳州府临湘县（今临湘市）的坦渡乡相邻

一条石桥连接起两岸

从坦渡隔河看新店

有五处宽达十多米的石码头

在近两百米的距离内　几百级石阶　一级级伸进水里

岸上　是蜿蜒的石板街

街面立着从前的商号　沿河沿街延伸数千米

商号门面窄小　每两家共用一堵青砖墙

但里面很深　通常有三个天井

门面做生意　接着是库房　后房住人

最后是小园子　可能是花园　也可能是菜园

新店是典型的中国式内陆商埠

这样完整的内陆商埠在中国已经不多了

但新店显然是后来才取的名字
当初它肯定荒芜无名
后来它还有一个绰号叫小汉口
建镇的历史最多不过五百年
但这是我的生身之地
我至今所有的生活
都被这个崛起后又萧条下来的商埠牵引着

这是我最早接触到的历史
通过成长和生活
通过建筑　器物和口述

奶奶说：你生下来的时候是未时
那时你爸刚拉完板车回家
你们家的孩子没有谁在你爸回家之前能生下来

新店镇是羊楼洞和汉口之间的物流中转站
江西的漆　油料　木材　瓷器和羊楼洞的帽儿茶
旱路用鸡公车走官道　水路装船到新店
一起在新店歇脚再装船

经蟠河到黄盖湖　再入长江到汉口

奶奶说　我从洪山嫁到你们黄家
嫁妆用的瓷器全是在景德镇定做的
上面全部烧制了我的名字
明　清　民国
三个时期的记忆
我奶奶用方言对我讲述
她现在瘫痪在床　九十岁
她在"文革"前卖了我家祖上的两进房子给镇农具厂
然后每年养两头猪
但还是觉得日子过得紧张
她说日本人来之前的日子最好过

但我是快乐的
四季全是快乐的
镇上的北边山上遍植桃梨
春天红得像火冬天白得像雪
有野猕猴桃可吃　桃梨可吃
夏天有各种瓜果可吃

秋天有薯片花生柿子可吃

除了米饭不好吃

什么都好吃

我在石板街上走着　可以随便钻到一家人的屋里

看屋顶的亮瓦漏下阳光的光柱

光柱中的灰尘不停地滚动

我可以在河边看水看柳看小船上并排立着黑色的鹭鸶

我觉得快乐

我喜欢青砖下的蜈蚣

天井里的绿苔　墙角的蛛网

喜欢在雨天听到街上比雨点更密集的木屐的声音

喜欢每天天一亮

听到广播里播出的《东方红》乐曲中最前面的那三个音符

我十岁前一直在新店镇生活

认识了青砖上刻着的汉字

还在 1976 年摇着纸糊的小旗游行

喊着打倒"四人帮"之类的口号

和同学们把小镇的街道全走一遍

奶奶说　家里当年如果不发大火
好东西会更多　我的公公
当年在汉口"打码头"发了大财
家里失火　只剩下烧成了一堆的金子
只好买了三间门面

五百年间的事情太多了
我十年间能记忆清晰的事情又太少
但新店让我看到灰色的东西就有反应
让我喜欢石头砖头　喜欢水墨
喜欢水和码头
甚至码头上曾经发生的所有由商品经济发展出来的罪恶
另外还有新店这个名字是我喜欢的
它让我知道　再旧的东西它也可以叫作"新的"和"就
是新的"

思饮 和一个诗人虚拟的谈话

每次见你
就像看见簪花的杜牧
从晚唐的扬州出差回来

也不枉你是个喜欢抒情的老少年
时已入夏 嫩子满枝
汉口樱桃 正宜泡酒

上扬州 下汉口
我一点享乐的小情绪
困在武昌城月下的城砖里

在荐福寺思禅

在几株享寿千年的国槐树影里
肉身　显得太过渺小
内置的心脏　隐晦如一个形而上的点

影静是禅　心动似乎更是禅
有人说肉身是灵魂的一件衣服
我不信　但觉得这个比喻挺好

反对

我望着这些神物，我明白了：我也是，我什么都反对。

——毕加索

反对鸟朝前飞　朝着本能的欲望

带来的满足　飞

它的翅膀　应该是数排栅栏或者穆桂英的

鹿寨　去再破一次宿命论的天门阵

反对鸟道　进而反对人道

打开的主义　直线不值得期待

曲线太狡猾　一片兰叶

昨晚在音乐喷泉长成

它反对明天的花朵

反对吟诗的兰花指　和它缓慢而传统的京剧

我有一块青花　在反对瓷

我的"朋"是超市里等重等价的保鲜肋排　并排反对"友"

反对"爱"的繁体字

不破不立的石头　反对工业化的石灰

铁矿石反对钢筋　高粱反对酒

明天反对昨天

结局反对开始

缘生反对缘灭

那颗我爱的红樱桃

反对情感　反对具象　也反对抽象

那流淌不尽的江水

反对伟大也反对渺小

有情反对抒情　别哦或者啊

你是小小的小小的寂寞的城

反对太空战略防御

你是清晨涨停了的露水　反对泪水

你是高速公路　反对龟兔的家园

我是你　反对你和人类中心

反对红土的夸张　和泥石流的无辜

反对蝼蚁的辛勤和忙碌

反对高铁的停靠位和轮渡的鸣笛

反对任何形式

和仪式

反对发情的希望　更反对它像湿地

反对死和循环和滚铁环

凡是敌人拥护的　我们就要反对

反对句式

反对美

反对现在的一点零七分

反对把一首诗写得太长

反对语言和事物之间无法证实的佳妮腾跃

反对今天就到此为止

你不能说反对反对反对

我和你一样

我们仍然只能勉强认同和维持这两个字

不妨用一点情感

就是它们了

反　和　对

月光虚构之物

我已放弃描绘月光

像放弃一个传统的美学问题

虽说我可以继续在可能的夜晚

分享它启蒙似的普遍性

我要求不多　三两片即可

如果是几束　我也不会拒绝

我可以虚构一匹隐约可见的白马

它鼓出的肌肉和鬃毛的线条

还有跃起的蹄子和椭圆的眼睛

它有可能奔跑

去那个可能的地方

这些月光虚构出来的形状

还给我想象和期待的邮政编码

寄向可能的地址

我还可以虚构雨滴和花朵的饱满

像春天或者内心的形状

允诺可能的生长

和生长带来的繁茂

它们的相似之处 还有跳动

像从固定的现实中溢出的自由

这些月光虚构之物

有一种让人安宁的轻灵

可以从容改变

可以真实地去喜爱

春天的药末儿

我对诗的要求　不仅要求第一句

也要求最后一句　这不是我的世界观

而是对一种技艺的判断　这也是我对春天的要求

虽说我的心情是沮丧的

但我也要说出日常中的快乐　一些小细节

比如上周日　我在黄州赤壁

看到在空气中飞动的柳絮

像鸭绒或蒲公英的种子

在中午的阳光中　欲停　还动

我就莫名地感觉到快乐了

前些天　我去汉口和朋友吃饭

在解放公园的边上

梧桐子也任性地在空中飘动

有的　在我的衣袖上

竟砸出了黄绿色的粉末儿　这让我

无比讶异　我第一次看到
梧桐子的粉末儿竟然是黄绿色的
它们都是这个春天赐予我的药末儿
我珍藏着这些视觉经验
新鲜　有趣
它们改变了我体内血液流动的速度
也让我体验到身体本身的堆积和消逝

忆鄂州古灵泉寺中昙花

是寺中人的召唤改变了我们的路线
如此硕大的花　令人惊讶
怒放的白莲座和闭合的佛手印
在洁白的锦缎上洒着几点鲜嫩的黄金
池塘中的荇藻是多么安静
池塘边的一排砖塔和陶缸是多么安静
昙花　或许是土地的腹语和警句
告诫我们这些偶然相遇的肉身

东湖春夜大风

我本能地醒来　像面临突发的灾难
只有凌晨三点
楼外的巨风　呜呜着像要把整个地球
塞进我的卧室　窗外　一幢幢高楼
一排排树　感觉如声音的波形
但奇怪的是它们并不跳动

在巨风的间歇　树和建筑如此安静　路灯
和它们稀疏的光亮　比钻石更觉珍贵
比隐匿的星空更值得依赖

巨风一阵阵呼啸着来了又走

声音和声音　一大群全部张着嘴的狼

在相互撕咬

我不可能再安心入眠

像坐在巨型飞机发动的引擎下面

感受心脏被压磨成一张薄薄的砂纸

和一片树叶里四处奔跑突围的叶脉

直到天蒙蒙亮　白头鹤的叫声

像大暴雨后　一排

滴落在屋檐下的安静的水珠

回想湖边刚才持续了三个小时的巨风

它的呜呜声太长太有力

它的隐身术实在无懈可击

它附加在事物上的普遍性

让我在恐惧之余深信不疑

"口"字的思维

口

发音 wéi（围）　又音 guó（国）
我相信这是汉语中最早的一次划界
我相信这一个字的形成
华夏先祖不知道经历了多少次血腥的争斗和战争
才终于找到这生活的界限
当然也是汉语的界限
所以这上面有了田园
有了国家　有了图画
有了可爱的阿囡
还有了困厄 有了囚徒

问题是实现这些又如何呢
这就是原因啊

一切生灵在这个围城之内概莫能免
在这个最标准的方块字中概莫能免
所以祖先通过这个字
发明了围棋　千古无同局

"神"字考

在汉字中

神

来源于天空的闪电之形

闪电不可捉摸

让人心生敬畏

我曾说闪电是天空偶发的皮炎

这只证明了我的不虔敬

和我的无知

我现在愿意相信

只要闪电出现在天空

它就是神的

巨大的光亮一闪而过

一闪而过

没有比这更大的撕裂和巨响

没有比这更快的消逝

清

我一直喜欢"清"字
清水　清风和清气
是我最先想到的三种事物
清水最直观　是我最先经验到的
清风相对抽象
在盛夏　我才感到它送来的清凉
而清气　甚至有些晦涩
人到中年以后　我似乎只有在体内
才能体验到　或在读
陶潜和韦应物的诗时　才有所默会
不过　关于事物的共同属性
比如清　我还是坚持认为
失去了内容的纯形式是不好的
清水　清风和清气
它们可贵的共同性在于

它们是可以和皮肤互动的清
是可以进入身体的清

我的第一个老师

我的第一个老师　是我奶奶

她给我讲述新店镇过去的日常生活　讲岳飞的故事

特别吸引我的是　岳飞的故事是从一只大鹏鸟开始的

岳飞就是这样一只大鸟　他来到人间

注定要做出一些事情

理由是　他是天上的神鸟

我现在想　肯定有多种理由

让我奶奶给我讲了一上午的岳飞

这是她对我所有讲述中　持续时间最长的一次

我奶奶　一个普通的农村女性　日子过得艰难

如果她的菜没做好　我爷爷会大发脾气

把菜从八仙桌上扔到地上

她的每一天都是艰难的　早上

她给我买一个三分钱的发糕　送我上学

然后喂猪　洗衣　下地　做饭　喂猪　下地　做饭

做腐乳　做辣椒粉子

或者到了相应的季节就做应该做的事情

1976 年　打倒了"四人帮"　我们班要排演节目

我需要一件白衬衫　她带着我　借遍全镇也没有借到

她发泄痛苦的方式　更让我记忆犹新

如果被我爷爷打了　或者心中有所郁结

她就在我家门前的那一块地上　痛苦地翻滚自己的身体哭

边哭边说出自己内心的痛楚　呼天呼地

如此持续半小时　又平复了

她的快乐一直感染着我　每说起一件事或者做一件事

她会倾注最大的热情　仿佛那件事

是世间最重要或者最美丽的事情

她讲她在洪山美好的少年时代

讲日本人来之前家里的富裕

讲她在"四清运动"中　怎么说服领导　把家里的成分

从"小资本家"改成了"小商"

听起来真像是英雄事迹　我清晰地记得

她在我面前一直是微笑着的　那种疼爱无法掩饰

她每次下地回来　都带瓜果给我吃

有桃子　梨子　李子　毛栗　金瓜　香瓜　烧瓜　细甘蔗

红薯　柿子　野猕猴桃　白萝卜

她不识字　但她教给我很多谜语　民谚和日常的知识

我无法忘怀

她于九十岁时去世　生有七个子女　还带大了我

黄昏

黄昏
知了抱在树上哭

树影在黄昏越来越淡
我也会没有影子

在春天做一天无用的人

这一天该我上的课我没有上
该我做的工作我丢开了
我在东湖路上看见春天
在阳光中不声不响
我像刚从它的体内走了出来
其实一切都发生了改变　但我们都秘而不宣
在街上行走的人好像只有我是多余的部分
就是我刚买的河南烧饼
也像是今天多卖出的一个
那些应该我做的事都没有等我
它们不会用明天来等我

没有人知道我的快乐在于
我和春天像已经约会
我可以这样旁若无人

在春天做一天无用的人
我的身体因为没有用过而盛下了春天

追问的十四行

一

是谁可以无声地走近我
以日常的姿势代替了呼唤
如此熟稔　如此平凡
哪怕这姿势里有深刻的创伤

是谁可以让我把岁月深刻进内心
一分钟的花朵比一年漫长
比责任沉重　比天空高尚
哪怕这花朵已沧桑地生长

什么时候可以安静下来　仔细倾听
天空里被云霞收去的水迹
一片月光落下的草上

又一片月光落了下来

直到桂花开遍了家园
家园里爱情的思想飘满芬芳

二

这气息多么温暖　使我的内心震撼
能不能让透明的月光也出声
在这荒寂的夜　一滴眼泪的热量
便湿透了永恒　温暖了一生

有多少人类的骨骼被岁月遗忘
大气中人类爱情的气息　土地重锁的门
多么深厚　多么辽远
像岩石里深秋的液体　液体里衰败的秋声

这气息多么温暖　气息中有多少重量
我通过人类的肉体接近了物质的内心

或者在被称为心灵的地方
手举一把符号　然后深深埋葬

这一刻我不禁热泪涟涟
心怀绝望　又感谢生存

三

只有衰败的事物让我亲切
冰里的阳光穿过玻璃
红尾的小鱼游过的水迹
我手持温凉的水的回忆
冬雪深深覆盖了墓地

雪是一种蔓延的疾病
时间病房里世故的庸医
病房里一根草茎的长度就是一个生动的比喻
每一个比喻里都有一次长久的缺席

只有衰败的事物让我亲切
在这歌声不到的遗弃之地
我感恩的目光里有日月的道路
它们也和我的目光一起一天天黯淡下去

当雪花就这样一片片飘落下来
这些衰败的事物战胜了语言　悄无声息

四

黑暗是一种持续的听觉　且看"暗"字
那是阳光在遥远的地方流动的声音
它耐心地守候我们微弱的听觉　却无声无息
直到水面下水草无声地摇曳

这是怎样的运动　在我们的知觉之外
每一处细微的生命在为什么执着
死去了多少冥思独坐的人　他们在岁月中闭关
坚持了倾听也坚持了黑暗

于是我们听到了沉默

在很多某某之外　没有言辞的声音

切入我们的肢体　这轻轻的一击

持续　沉重　然而没有痕迹

当我把世界聚拢于心　仔细体会

时间原是最广袤的黑暗

五

黑黪黪的雨落下来打湿的

不仅仅是空气　这是一些

比眼泪更小的雨

是夜色中清凉和温柔的部分

它们就这样落下来

一点也没有使夜色更黑

与沉默的人交换沉默

也浸湿他们内心的低语

这些温和的力量　以透明的身体
纳入夜色　甚或已坐在了
植物的根部
不需要影子也不需要孤独

这些大众的雨　温凉的雨
使夜色和空间禁不住微微战栗

六

某刻的音乐占据了空间　还有一处空间
将它一丝丝消化　像一个巨大的胃
没有一丝痕迹留下
然而音乐　毕竟占据了

多么复杂的事件　在尖硬的物的表面
一丝丝声音现身即隐
这些尖硬的物质似乎经历了什么
然而又觉察不出任何变化

一瞬的胜利和失败
相继得到了表达
空间所受的暗伤　空间不能觉察
因为音乐　毕竟占据了

某刻的空间是灯火下大街的繁华
还有一个漫步者内心音乐的崩塌

七

我由此感到一种酸涩的幸福
当阳光的指尖揭开了夜幕
那些忙碌的人群离开机器或回到机器
因为物质而改变了思想

还有什么比爱情更美好
诗歌已经间接伤害了生活
一个时代的伟大　就是通过物而显现的
渴望发展的精神

我由此经常感到一种酸涩的幸福
谁知道勘破规范更甚于勘破生死
如履薄冰　如临深渊
内心的痛苦仅仅缘于日常生活的秩序

可还有多少比灵魂更小的夜
比水更柔软的孤独

八

空气和阳光在一起
多么简单的事实　谁不知道
就像鱼一生和水在一起　这里有多少
相互溶浸的美感和亲密

人间亘古的爱情　生命自然的呼吸
一束目光可以淋湿谁的一生
包围着心灵　一针针扎进心灵的寒冷
因为伤害而保证了哭泣的含义

空气和阳光是在一起　一起
就是团结中的分离　谁能解决
如果心灵涵盖了一切　那么心灵
和什么在哪里美好相遇

人和人在一起　爱情和爱情紧紧相依
中间横亘短暂的虚无　可能的虚无

九

衰败的草耗尽了生命的汁液
是升到了天堂　还是返回了大地
我看见你遗弃的事物
这些满地干枯的躯体

从一个季节到另一个季节
是不是从一种颜色到另一种颜色
时间那么安静　不远的水面
水波像一群奢侈的看客

停留一会儿　再停留一会儿
我不能求助的一纸照片
我不堪承受这无可挽回的超越
是升到了天堂　还是返回了大地

衰败的草耗尽了生命的汁液
和谁也看不见的岁月的鲜血

十

我触摸岩石
也触摸岩石上流水的痕迹
这是与岩石相对的
另外一种沧桑

我触摸岩石
也触摸岩石上阳光枯萎的花瓣
这是与水相应的
另外一种下场

岩石　你看它总是灰色的
因吸热而逐渐柔软
恰如此刻我冰凉的触觉
有层次交替着传递

一点一面地袭来
尖锐和平坦息息相关

十一

有多少条道路在原野上奔驰
土地已散发出春深的气息　道路
这被目的遗忘的纽带
两边簇满了野草和葱绿的树木

滤去了多少光荣和梦想
月光下轻微的喘息
像女性丰腴的肢体和肢体下清凉的秘密
多么深厚和悲怆的美感　道路

紧紧捆绑住生活的隘口
奔驰的道路　纷乱而有序
当人类的心灵剩下灰烬和废墟
是谁充当了心灵不可磨灭的证据

有多少条道路在原野上奔驰
道路上驶过的是怎样的历史

十二

是什么将像海市蜃楼一般消失
这上帝的造物　人类心中遗忘的名字
深深刺痛了我　远逝的钟声
像历史的幽咽

被物质尘封的记忆
永远平静的阳光　小草那么整齐
是不是我们已足够坚强
迈出一步　便足以消灭自己

是什么将像海市蜃楼一般消失

米歇尔·福柯　在你尖锐的目光里

我渴望心灵的呵护和爱情的露滴

譬如抬起目光　也是生命的权利

譬如走过清晨的草地　每一滴露珠里

都闪过一个鲜亮的自己

十三

其实任何一种逃避或者选择都是美丽的

有多少荒芜的心灵　被苦难吞噬的夜

生命就像一个摆脱不掉的玩具

有多少时候　你非如此不可

一个单独的身体便限定了一切

除了自己　有谁见到过心灵的光泽

有谁知道一生究竟意味着什么

我们只是在每一个现在　竭力地生活

其实任何一种逃避或者选择都是美丽的
我们各自秉承着一种天命
在每一个孤独的晚间
生命便展开了茫茫夜色

任何一种逃避或者选择都是美丽的
我主动逃避　也自由选择

我记忆中八一路的一树槐花

我记忆中八一路的一树槐花

一直在那里

那是一个初夏的普通一天

我打车经过省科技厅

来到八一路上　抬眼

就看到了它们

并一一经过它们

我心中因此充满了欢喜

我看到它们似乎在笑

是那种没有任何拘束的笑

它们露出一排排少女的牙齿

我因为记得这些牙齿而遗忘了季节的面容

我怜爱它们的绽放和没有经验

生活的考据

在路边　一个被丢弃的
一次性热干面纸盒
以及边上散落的一次性竹筷
它们都是我生活的考据

这城市的道路是多么烦琐
天然气管道　下水道　直立的树
垃圾桶散发出的刺鼻的味道
血管和神经一样的电线线路

我钻进地铁如进入这城市的大肠
这里也满是拥挤的忙碌　爱恨和无聊
只有天是空的　它看着我沉溺于对万物的爱恨之中
我　在天空之下显得太具体也太微小

教堂抑或汉口车站路神曲酒吧

教堂是神圣的　怎么能

成了酒吧　朋友不解　举起嘉士伯

啤酒瓶　我们碰出清脆的声音

我已不止一次注视过教堂的穹顶　想象

那可能的高度

我早已遗忘　世间还有高处的拯救

我已习惯身边的歌手

用假声唱歌　乐队用金属和电

刺激深夜皮肤上绒毛的感性

不管怎么说　通俗的娱乐

离趣味近　和身体一样

时时感觉不到心灵

但深夜的酒精

和夜色一起混淆事物的边界

我知道此刻我是柔软的

我喜欢身边和我一样饮酒
可以活动四肢的人

我热爱豆腐

我热爱豆腐
以很珍惜的心情

我不想以文化的意义热爱中国豆腐
我用记忆和捍卫来热爱

一种食品
它甚至大于革命的意义
和进步的意义

穷人的佳肴
僧侣的"肉"食
在乡下打豆腐是个大活儿
傍晚点燃油灯
把黄豆喂进磨眼

研磨出白汁
一打就是一个通宵

在我的故乡新店
豆腐是和清晨一起白的

但豆腐不是所谓
清洁的精神
老家人津津于豆腐的
乐口逍遥
那入口入喉的感觉
我喜欢刚出的豆腐隔着纱布
在手中温暖的感觉
和疲倦中闻到的清新的气味

如果没有石磨转动的声音
推动石磨转动的木柄的声音
没有油灯照在墙壁间晃动的影子
和灶间柴火燃烧的火光

就算打成了豆腐
也会变了味道

应该说我热爱的是
20 世纪 70 年代的豆腐
它们的热量还隐隐地
在我的掌纹中奔跑
也许昨天我还在自助餐厅
享受都市美食
虽说我托着美食的手掌后面
是我早已面目全非的故乡

过汉正街团结拉面馆

五百多年的汉正街
听说是从一条青石板开始的
是老汉口伸出的第一根须

除了服饰和建筑变了
这里的人流和物流想来没有变化
今天的老汉正街
有着老歌唱家的嗓子
碎云裂帛　或者深沉苍凉

汉正街重叠和复活着我所有赶集的记忆
这里　中国内陆中少有的大集几百年共时存在着
我来到这里　并不是因为我是诗人
而是我新家的窗帘需要到这里来订购
这里有便宜一半的价格

我看到很多商贩推着比自己大几倍的货包困难地走着

更多的陌生人目无所视地走过

热气腾腾的街道　熙熙攘攘的街道

小商品争着摆上街面的街道

把冬天的寒冷压抑得很小

我从批发床上用品和窗帘的二楼下来抽烟

脚下的楼梯上都喷上了广告

上海×××　中央电视台上榜品牌

走过一个性用品商店

和一个说杭州话的老板通过电话

突然看到一个团结拉面馆

团结拉面馆　这几个字是水泥做的正楷

水泥做招牌是 20 世纪 50 年代的方式

我看到年轻的戴白帽的回族兄弟

在里面走动或揉着面团

不时撒一点面粉抹一点油在面团上

旁边放着大饼　不远的墙上挂着清真寺的绣像

下面的桌旁是吃拉面的客人

用筷子把面条扯得很长

我没有问这家拉面馆的历史

只是在抽烟时不时看看上面的"团结"两个字

两个厚重的楷体水泥大字

紫阳路口的老牛肉面馆

经过武昌南站边上的高架桥

可以看到十来个仿古希腊塑像

站在嘉叶宾馆的楼顶　楼下

是在我记忆里一直存在

但已消失了多年的老牛肉面馆

在这块武昌的天空下

仿希腊人的裸体塑像天天变换着云裳

可那种老牛肉面　我再也没有找到

从 1986 年到 1993 年　每次回蒲圻

我一般要在那里吃两碗老牛肉面　然后坐车回家

每次回到武昌　我一般要在那里吃两碗老牛肉面

然后回学校或者单位

每次来到那里

首先看到的是几个穿白大褂戴白帽子的中年女服务员

她们在不紧不慢地做事

顾客有时很多　有时很少

有两排炉灶摆在面馆的门口

四五口直径一米左右的大黑铁锅和灶平齐

锅里是滚烫的开水和还在加热的老卤牛肉和牛骨头汤

炉子里的火像从没有熄过

服务员下牛肉面　用的是竹条

竹条长约一米　把二两一碗或三两一碗的面

用竹条在锅里摆几下　煮两三分钟后挑起来

像折纸和拉开的手风琴叶片那样

一排面就被整齐地放进粗瓷海碗里

然后加清汤和牛骨头汤

最后加老卤牛肉

卤牛肉黑得像焦炭

方方正正又像绿豆糕的形状

我把面端放进门里的方桌上　坐上条凳

加上辣椒油或者辣椒干粉

三五分钟就吃完了

也许是面质　老卤牛肉和汤汁太好

我吃完后的满足

没有什么食物能比得上

但 20 世纪 90 年代初　牛肉面馆面积逐渐变小

有的地方租给了做蔬菜批发和水果批发的

后来　有一次回家前想再来吃它两碗

但面馆已经关上了铁门　铁锅还在　但灶里的火全熄了

后来那里就变成了嘉叶宾馆

后来路口修起了高架桥

这么多年过去了

除了老牛肉面　它没有别的名字

我一直怀念那种无名的老牛肉面的味道

在武汉三镇　只要碰到做老牛肉面的馆子

我都要停下来看看它的做法

有的也吃一碗试试

但从没找到过我记忆中的老牛肉面

也不知道是什么力量

把我喜好的那种口味

搞得我花了十几年的时间　也没能再吃上一口

躲城管的小贩

我认识那个小贩
虽说他不认识我
我经常在黄昏去中百超市买菜
在过马路时看到他
或者从黄鹂路菜场买菜出来
在过马路时又看到他
他总是把担子放在人行道边的树下
箩筐里有时是时令水果或蔬菜
有时是花草盆景甚至动物
比如仓鼠或者小白兔
我从不在无证商贩那里买东西
但我之所以对他印象深刻
是因为有一次见识过他躲城管
那天　我正要过马路
看到他挑着担子　贴着一辆停在路边的私家车

两眼放光　盯着前方

我还以为他在看天边的晚霞

我顺着他的目光看过去

见一辆涂有标志的城管货车

在黄鹂路密集的车流中迎面驶来

我看见他　把担子隐在车身下

头　顺着城管车来的路线　低向私家车的车窗玻璃下

然后向前　一步步　缓慢埋身走去

那城管车旁若无人地驶过私家车

他弯着腰　挑着担子　顺势逆向转身

这时　城管车扬长而去

他在私家车尾　也挑着担子　直起了身体

这过程着实让我喘了一口长气

我看到城管车的车厢内

堆满了收缴而来的几十件箩筐和桌椅

不由得暗暗佩服他躲避的技艺

我想　他肯定有一整套躲城管的技艺

不然他不会总挑着这副担子

经常出现在我的视野里

这个做无证小贩的中年男人

衣着破烂　皱纹深刻

不过　我们其实也差不多

回到家　我们都是丈夫　父亲或者儿子

而他那一副一直没有被城管收走的担子

让我膺服

路边小憩的清洁女工

还不到十一点　她靠在人行道的墙边上
睡着了　阳光很好　空气清爽
行人一一从她身边经过
轻得像没有声音
她头戴一顶宽檐软帽　帽下
垂着白纱　罩住了整张脸
她上身穿的是橙色的工作服
腿向外伸着　鞋底对着绿色的铁垃圾箱
她的右手边　是一把竹扫帚和一个簸箕
在墙边相互挨着　也像抱在一起睡着了